ワシントン・アーヴィング

リップとイカボッドの物語

「リップ・ヴァン・ウィンクル」と「スリーピー・ホローの伝説」

⁂

イラスト／フィリックス・O・C・ダーレイ

彩色／フリッツ・クレーデル

訳／齊藤 昇

三元社

Rip Van Winkle

The Legend of Sleepy Hollow

In *The Sketch Book of Geoffrey Crayon, Gent.*, 1819-1820

by Washington Irving

Illustration by Felix O. C. Darley,

Illustrations colored by Fritz Kredel

そこには、じつに素朴で人柄の良い男が住んでいた。その名をリップ・ヴァン・ウィンクルといった。

リップは子供たちの遊び相手となり、一緒になっていろんな遊びに興じた。

村の賢者や識者や浮浪者たちが、たむろする憩いの場所では、賢そうな風情を醸しながら時局を論じるのである。

リップは生来の酒好きな嗜好も手伝い、もう一杯、もう一杯と誘惑に負けて、ついつい酒がすすんだ。

リップはウルフと呼びかけてみたところ、犬は唸り声を上げて、どこかによろよろ歩いて行ってしまった。

リップはドゥリトルの旅籠の客人であれば、誰にでも自分の身の上話を語って聞かせた。

微睡むような夏の日などには、校舎では生徒たちがせっせと勉強に励んでいた。

イカボッド・クレインは、この辺りの田舎風習に従い、教え子たちのいる農家の各家々を転々とする生活を送っていた。

イカボッド・クレインは、あの大きなニレの木の下の泉のほとりで愛を囁きながら、カトリナを口説くのであった。

イカボッド・クレインは歌も得意だが、ダンスも上手で自慢の種にしていた。

川岸の暗い木陰で、巨大で奇妙な形をした黒い何かがそそり立っているのが見えた。

その化け物もイカボッド・クレインと一緒に全速力で駆けだしたのである。二人はただしゃにむに突っ走った。

リップとイカボッドの物語

リップ・ヴァン・ウインクル／スリーピーホローの伝説

もくじ

リップ・ヴァン・ウィンクル

故ディートリッヒ・ニッカボッカー氏の遺稿より

水曜日という名の源《みなもと》でもある
サクソンの最高神オーディンに誓《ちか》って申し上げるが、
私が守るのは真理である、
墓に入るその日まで。

ウィリアム・カートライト*1

【この物語はニューヨークの老紳士、故ディートリッヒ・ニッカボッカー氏の遺稿のなかから発見されたものである。彼はこの地方に住むオランダ人の歴史や初期の移住者たちの子孫の風俗習慣に関してたいへん興味を持っていた。ところが、彼の歴史に関する研究は種々の文献を渉猟《しょうりょう》するよりも、人との語らいに負《お》うものであった。この老紳士のお気に入りの研究テーマについて書かれた本は驚くほど少なく、これに比べるとオランダ人のお爺《じい》さんたち、否《いな》、それ以上に女将《おかみ》さん連中は正しい歴史を記述するのに欠かせない貴重《きちょう》な伝説をたくさん知っていたのである。彼はこのことをよく承知していたので、大きなシカモアの木の下の低い屋根の家に暮らす生粋《きっすい》のオランダ人に出会う機会があると、あたかもその一家を留め金の付いたブラックレター字体（欧米ではゴシック体を指す）で記《しる》された小さな一巻の書物のように見立てて、本の虫さながらの熱意を傾《かたむ》けながら、その人物からいろんな情報を漁《あさ》ったのである。

こうして結実した一連の研究成果は、オランダ総督統治時代のニューヨーク史として数年前に出版されている。ところで、その書物の文学的な特性をめぐっては、様々な評価が飛び交《か》ったが、じつのところ、お世辞にも立派な出来栄《できば》えとは言えなかった。その最大の原因として挙げられるのは、そこに記述された内容が丁寧《ていねい》で正確であるものの、出版当初はいくぶんその内容を疑問視する声が上がっていたことである。しかしそれ以後、それは厳密な考証に基づいて書かれたものであることが認められ、現在ではすべての歴史に関するコレクションに収められており、権威ある歴史書の一つと目《もく》されていることに疑いを入れない。

この老紳士はその書物が上梓《じょうし》されてまもなくして世を去った。今や彼は故人となってしまったのだから、もっと大切なことに人生の時間を使うべきではなかったかと口を挟《はさ》んだところで、もはやそれほど彼の名誉を傷つけることもないだろう。とにかく、この老紳士は好き勝手に悔《く》いのない自由気ままな人生を送ろうとしたのである。それゆえに、ときとして周囲の人々にあらぬ迷惑をかけたり、心より敬愛する友人たちを悲しみに沈《しず》めたりしたこともあった。だが、今となっては、彼の過去の失敗や愚行《ぐこう》も「怒りよりも悲しみの方が先立つ」*2、そんな感慨《かんがい》に浸《ひた》りながら思い起こされる。どうやら彼は人の心を傷つけたり、怒らせるような人物ではなかったと、世間一般では思われているようだ。批評家たちが、この老紳士の名声をどのように評価しようと、彼は今も多くの民衆に親しまれている。彼らの意見は傾聴《けいちょう》に値《あたい》し、とくに新年を祝うビスケット菓子の製造に際して、彼らはこの老紳士の顔をそれに刻印して、その名声を永遠に後世に伝える機会を創出した。これはワーテルロー*3の記念章やアン女王時代の旧硬貨に刻印されているものとほぼ同様のあつかいである。】

船でハドソン川*4を遡行《そこう》したことのある人であれば、誰もがあのキャッツキル山地*5を覚《おぼ》えているに相違ない。この山脈は大きなアパラチア造山帯の支脈を形成する一つで、ハドソン川の遥《はる》か西方に望むことができ、清冽《せいれつ》な気韻《きいん》を醸《かも》して高く聳《そび》え立ち、この界隈《かいわい》一帯に君臨している。この山地は季節の移ろいや天気の変化に留《とど》まらず、日々刻々の変化に合わせて反応を返し、その不思議な色や形を変えていくのである。だから、女将《おかみ》さん連中はみんな、それを申し分のない晴雨計《せいうけい》だと思っているのだ。連日の好天に恵まれると、この山地は青や紫の色合いを帯び、澄み切った夕暮れの空にその輪郭《りんかく》をくっきりと映《うつ》し出す。ところが、他の何処《いずこ》にも雲一つ認めないのに、この山地の頂《いただき》近くには霧《きり》が立ち込め灰色の頭巾《ずきん》を被《かぶ》ったかのような風情《ふぜい》が漂《ただよ》い、それが暮れゆく最後の陽光を浴びて、栄誉ある冠《かんむり》のような輝きを放《はな》つのだ。

ハドソン川を遡《さかのぼ》る船の乗客の目には、まるで精霊が棲《す》んでいるかのような神秘的な雰囲気を醸《かも》し出しているキャッツキルの山並みの麓《ふもと》の村からゆらゆらと煙が立ち上《のぼ》っている光景が映《うつ》るだろう。山の木々のあいだからは柿葺《こけらぶき》屋根が輝いているが、ちょうどその辺《あた》りで高地を彩《いろど》る紺碧《こんぺき》の色合いが近隣の新緑の景色のなかに溶《と》け込んでいる。その村はこじんまりとしていて、歴史も相当古い。ピーター・ストイフェサント*6（清らかな魂よ、安らかに眠れ！）が統治していた初期の頃に、オランダ移民たちによって建設された村で、ほんの数年前まで、そこには移民初期の頃の家々が当時のままの姿で残っていた。それらの家々はいずれもオランダから取り寄せた小さな黄色いレンガで造られ、格子窓《こうしまど》が備《そな》え付けられていたし、正面は破風造《はふづく》りで、屋根の天辺《てっぺん》には風見鶏《かざみどり》が揺れていた。

この地方が大英帝国の領土であった時代にまで遡るほどかなり昔の話になるが、この村に一軒の家（史実に沿って正確に述べれば、長年の雨風を凌《しの》いできた古くて寂《さび》れ果《は》てた家である）があった。そこにじつに素朴で人柄《ひとがら》の良い男が住んでいて、その名をリップ・ヴァン・ウィンクルといった。この男はヴァン・ウィンクル家の末裔《まつえい》で、彼の先祖は前出のピーター・ストイフェサントが活躍した騎士道精神を尊《とうと》ぶ時代にその名を馳《は》せ、しかもストイフェサントに仕《つか》えてクリスティーナ要塞*7の包囲をめぐる攻防にも参加したという輝かしい戦歴の持ち主であった。それにひきかえリップ・ヴァン・ウィンクルときたら、祖先のこうした武勇の精神などまったくと言っていいほど受け継いでいなかったのだ。彼は純朴で心やさしい人柄の男であると私は言ったが、そればかりではない。リップは近隣の人たちに親切を尽《つ》くすという奉仕の精神も持っていた。ところが、家庭においては女房の尻に敷かれる気弱で臆病《おくびょう》な亭主なのだ。なるほど、後者のような事情も相まって、またその温和な性格からしても、自然と周囲の誰からも好かれる存在になったのかもしれない。家庭内で口喧《くちやかま》しい女房を相手にみっちり鍛《きた》えられた世の亭主族は、一歩家の外に出ると、得てして妥協的で迎合《げいごう》的になるものだ。疑いもなく、そういった連中の属性は家庭という辛苦《しんく》を味わう赤々と燃える暖炉のなかで、薄く打ち延ばされて、しなやかになるように鍛えられているのだ。女房族の愚痴《ぐち》や小言《こごと》を聞かされるというこ

とは、まさに忍耐と我慢の徳を養《やしな》うことができる、いわばこの世の諸家《しょか》の高説《こうせつ》にも通じるものがある。したがって、ある意味では、何かと口喧《くちやかま》しい女房であっても、その存在は神の恩寵《おんちょう》であると考えてもいいかもしれない。果たしてそうなら、リップ・ヴァン・ウィンクルはひどく恵まれた人間であったと言えるだろう。

確かに言えるひとつのことは、リップはこの村の女将《おかみ》さん連中の間ではずいぶんと人気があったということだ。女性とは得てしてそういう生き物かもしれないが、女将さん連中は夫婦間で口論が起きれば、きまってこの男の肩を持って、その日のゴシップ話をつまみにして興じ、リップの女房をひたすらこき下《お》ろすのである。村の子供たちでさえも、リップが姿を現すと一斉《いっせい》に歓喜の声を上げて、その周りを賑《にぎ》やかにはしゃぎまわるといった具合《ぐあい》だ。彼は子供たちの遊び相手となり、一緒になっていろんな遊びに興じた。たとえば、凧揚《たこあ》げやビー玉遊びを教えてやったり、あるいは幽霊や魔女、そしてアメリカ・インディアンにまつわる話などを長々と語って聞かせたりした。また、リップが村を気まぐれに彷徨《ほうこう》してあちこちに出没すると、すぐに大勢《おおぜい》の子供たちが近寄って来て取り囲まれてしまう。すると、叱《しか》られないのをいいことに、彼らはリップの服の裾《すそ》を引っ張ったり、背中に無理やりよじ登ろうとしたりして、悪戯《いたずら》じみた行為をいろいろと繰り返す始末《しまつ》だ。それに、この界隈《かいわい》の犬は、不思議なことに一匹たりとも彼に向って吠えたりすることはなかった。

ところで、リップの性格の大きな欠点となると、それはお金儲《もう》けになる仕事をすべて嫌悪《けんお》していたことである。だからといって、勤勉さと忍耐強さが欠如《けつじょ》しているというわ

From a photograph of Joseph Jefferson as Rip Van Winkle
出典：*The Sketch Book of Geoffrey Crayon Gent.* (G.P.Putnam's Sons, 1895)

けではない。その証拠に、たとえば彼は濡《ぬ》れた岩の上に腰を下《お》ろして、タタール族が使う大きな槍《やり》のような長くて重い釣竿《つりざお》を川に投げ入れ、たとえ一度も魚が釣り餌《え》に食いつかなくても不平などひと言も洩《も》らさずに一日中座っていられるし、猟銃を肩に掛けて森に入っていっては何時間も歩き続けて沼を経て谷を下《くだ》り、やっとの思いで数匹の栗鼠《りす》や野鳩《のばと》を射止めることもあった。また、彼は近隣の人たちのどんな荒仕事でも気安く請《う》け負《お》い、けっして断ることなく手を貸した。田舎で楽しげに畑仕事をする村人たちの先頭に立って働き、あるときはトウモロコシの皮を剥《む》いたり、あるいは石垣を作ったりして汗を流した。そんな調子なので、村の女房連中さえも、よく彼にちょっとした使い走りを頼んだり、いくら根気よく亭主に頼んだところで、およそ引き受けてくれそうもないような半端《はんぱ》仕事を無理に押し付けてしまうこともたびたびあった。要するに、リップは他人の雑事《ざつじ》なら進んで引き受けるのだが、それがいざ自分の家の仕事や畑仕事となると、からきし駄目《だめ》なのである。

リップは自分の畑について明言する。それはこうである。実際、その畑はこの辺《あた》りでも地力《ちりょく》のない劣悪《れつあく》な土壌《どじょう》で、しかも荒れ果ててひどい状態になっており、せっせと働いたところで万事上手《うま》くいったためしがないというのだ。何しろ垣根は壊《こわ》れて荒れ放題、しかも牝牛《めうし》はというと、何処《どこ》かへ迷い消えてしまったり、はたまたキャベツ畑のなかに紛《まぎ》れ込んでしまう有様《ありさま》である。また、手入れもろくにしないので、雑草はどこよりも早く繁茂《はんも》しはじめる。たまに家の外の仕事に励《はげ》もうとすると、決まって雨が降って、その邪魔をする。そんな具合《ぐあい》なので、リップの代になると親から譲《ゆず》り受けた土地も次第に痩《や》せてゆき、トウモロコシとジャガイモを耕《たがや》す程度のささやかな畑と化していたが、今ではそれすらも、この界隈《かいわい》では一番手入れの行き届かない代物《しろもの》となっていた。

彼の子供たちもまた、まるで親に恵まれないボロボロの服を着た物乞《ものご》い同然の姿であった。息子は父親のリップにそっくりのやんちゃな少年で、やがて父親の古着《ふるぎ》と一緒に、その怠惰《たいだ》な性癖《せいへき》も譲り受けることになるだろう。この少年はいつも仔馬のように母親の後を追って駆け回っている姿が目撃された。父親が穿《は》き捨てただぶだぶのズボンに足を通し、やっとのことで片手を使ってたくし上げる様子は、貴婦人が雨模様のときにスカートの裾《すそ》をたくし上げて闊歩《かっぽ》する姿に酷似《こくじ》していた。

リップ・ヴァン・ウィンクルは能天気な人間で、いわば愚鈍《ぐどん》でのんびりとした気質の

From a photograph of Joseph Jefferson as Rip Van Winkle
出典：*The Sketch Book of Geoffrey Crayon Gent.* (G.P.Putnam's Sons, 1895)

持ち主であった。彼は普段から好き勝手に自由気ままな暮らしを謳歌《おうか》していたので、白パンであろうと黒パンであろうと、労せずして口に入れられるものなら何でも構わなかった。すなわち、彼は働いて稼《かせ》ぐ一ポンドのお金より、わずかな一ペニー硬貨で空腹を凌《しの》ぐ方がましだと思うタイプなのだ。これで誰も構わなかったら、彼はのんきに口笛でも吹きながら人生を満喫《まんきつ》したであろう。ところが、そうは問屋《とんや》が卸《おろ》さない。彼の奥さんときたら、リップの怠惰《たいだ》で、いい加減な振舞いにすっかりお冠《かんむり》であり、いずれ一家は離散の危機に晒《さら》されるだろうと耳元でしつこく嫌味《いやみ》や小言《こごと》を繰り返して言いながら彼を責め立て、その饒舌《じょうぜつ》ぶりは朝から晩まで留《とど》まることを知らない。とにかく、リップの言動一つ一つが彼女には気に入らないのだから仕方ない。それらはとめどもなく続くお説教の材料になってしまうのである。リップには唯一有効な対抗策があったが、それもたびたび繰り返すものだから癖《くせ》になってしまっていた。つまり、そんな折には、首をすぼめ、頭を横に振り、目線《めせん》を空に向けて何も言わないことであった。しかし、これでも駄目《だめ》で、結局は女房からふたたび新たな手痛いしっぺがえしを食らうのが関の山であった。そうなったら、早々にその場から立ち去って姿を消すに限る。実際のところ、こんなときに

女房の尻に敷かれた亭主の行き場となれば、それは家の外に求めるしか術《すべ》はない。
この家のなかでリップの唯一の味方は愛犬のウルフであったが、この犬も主人同様に、奥さんにはまったく頭が上がらなかった。リップの奥さんは、亭主とウルフに怠け者の烙印《らくいん》を押して見下《みくだ》していたのだ。彼女はウルフに意地悪な視線を投げかけていたが、それは自分の亭主が勝手気ままに

家の外を徘徊《はいかい》する原因を作っている張本人だと言わんばかりの冷《ひや》やかな眼差しだった。ところが、誰が見てもウルフは気品《きひん》を備えた立派な犬に見えた。この犬は他の猟犬と並んでもまったく引けを取らず、森のなかを勇敢に駆けずり回って獲物を追っていたのだ。だが、いかに勇気に溢《あふ》れていたとしても、彼女の怒号《どごう》と罵声《ばせい》の大音響に包まれた恐怖には耐え切れなかったのだ。だから、ウルフは家に戻るとすぐに首をうなだれ、尻尾も地面に力なく垂《た》れ下《さ》げて、ときには後ろ足の間に巻き込むかのようにして、身がすくみ萎《い》縮《しゅく》してしまうのである。そして、今にも絞め殺されやしないかという不安を隠しきれない表情で、臆病《おくびょう》な仕草《しぐさ》を見せながらそっと静かに歩くのだが、リップの奥さんにじっと見詰められると、そわそわと落ちつかない様子で視線を泳がせるのであった。彼女が少しでも箒《ほうき》の柄《え》や柄杓《ひしゃく》を振り回すような素振りでも見せようものなら、慌《あわ》てて頭を反《そ》らしキャンキャンと鳴き叫びながら戸口へ向って逃げていってしまうのである。

　月日の流れとともに、リップ・ヴァン・ウィンクルの結婚生活をめぐる状況は悪化の一途《いっと》を辿《たど》った。辛辣《しんらつ》な性格というものは、年を重ねたからといって角《かど》が取れて丸くなるものではない。舌は使えば使うほど鋭い剣になる唯一無二の武器である。長いあいだの習慣となっているのだが、リップは家から放り出されると、きまって村の賢者や識者や浮浪者たちがたむろするちょっとした憩《いこ》いの場所に足を運んでは、彼らと語って憂《う》さを晴らすことにしていた。そこは赤ら顔のジョージ三世*8の肖像画の看板が掲げられた小さな旅籠《はたご》であったが、仲間たちはその前のベンチに腰を下ろし、勝手気ままな集《つど》いを開いては語らいに興じていた。この場所で彼らは木陰《こかげ》に坐して、村のゴシップ話に耳を傾《かたむ》けたり、いつ果てるともなく他愛もない話を共有しながら盛り上がり、微睡《まどろ》むような夏の長い一日を過ごすのであった。しかし、ときどき、政治家であれば誰でも金を払ってまで聞きたくなるような深遠な議論を展開することもあったが、それは、たまたま通りすがりの旅人から古新聞を手に入れたときなどの場合に限られた。そんなときには、彼らは大いに真面目くさった態度で新聞の記事に注目するのだが、それを読んで聞かせるのは校長のデリック・ヴァン・バンメルであった。この人物は身だしなみの整った学識豊かな小柄な紳士で、辞書にある言葉であれば、それがどんなに難解なものであったとしても、たじろぐことはなかった。たとえ数カ月も前に起こった出来事であっても、彼らは賢そうな風情《ふぜい》を醸《かも》しながら時局を熱く論じるのである。

会衆の意見を完璧に操作したり誘導したりして裁量を発揮していたのは、ニコラス・ヴェダーという名の村の長老格の人物で、この旅籠《はたご》の主人でもあった。この男は朝から晩まで旅籠の戸口辺《あた》りに腰を下《お》ろして静かに憩《いこ》うのが好きで、そのあいだに身動きをするとなれば、陽射しを避けて大きな木の下に移るときだけだった。したがって、近所の人たちは彼が身を起こして移動するところを見て時刻を知ることができたが、それは日時計と同じぐらい正確であった。実際に、ニコラス・ヴェダーは滅多《めった》に口を開くことはなく、絶えずパイプを燻《くゆ》らしていた。ところが、彼のお供の者ども（一角《ひとかど》の人物には、それなりの取り巻きがいるものだが）は、完璧に彼を理解しており、彼の意向を把握する術《すべ》を心得ていたのである。たとえば、読み聞かされたり、誰かの話を聞いたりしたことで、それが気に入らなければ、彼は猛烈な勢いでパイプを吹かし、怒りに任《まか》せたように小刻《こきざ》みに煙を吐き出すのだ。これとは反対に、すべてに合点《がてん》がいって満足したときには、パイプの吸い方も異なり、ゆっくりと煙を吸い込んで柔らかい雲のような煙を形作って吐き出すのである。ときには、パイプを口から外して、鼻元でほどよい香りの煙を渦巻かせながら、重々しい態度で頷《うなづ》いて同意の意志をあらわにすることもあった。

　不幸なことだが、例の口《くち》喧《やかま》しい女房によって、とうとうリップはこの憩いの場からも追い出される羽目《はめ》になってしまったのだ。リップの女房が不意にこの集《つど》いにまで乗り込んで来たのである。するとまたたくまに穏《おだ》やかな空気は破られてしまった。何しろ、そこにたむろしている全員に凄《すさ》まじい毒舌《どくぜつ》を浴びせかけたのだからたまらない。しかも、威厳ある人物ニコラス・ヴ

エダーでさえも、その対象の例外ではなく、この恐るべき強《したた》かな女の餌食《えじき》になってしまったのである。つまり、彼女はニコラス・ヴェダーに向って、おまえこそうちの亭主を唆《そそのか》して怠惰《たいだ》な男にした張本人だと毒づいたのである。

かわいそうに、リップはほとんど絶望の淵《ふち》に立たされてしまった。畑仕事や女房の喚《わめ》き声から解放される方法としては、もはや、銃を持って森のなかに逃げ込むよりほかに道は残されていなかった。彼は森のなかに入ると、気まぐれに木の根元附近で腰を下《お》ろして愛犬ウルフと一つの弁当を分け合うのであった。リップは家で同様に迫害を受けているウルフに同情を寄せていたのだ。「おまえもかわいそうな奴だよなぁ、ウルフ」と、リップは声をかけた。「おれの女房のせいで、おまえも随分と理不尽《りふじん》な目に遭《あ》ってきたんだから。でもなぁ、心配しなくてもいいんだよ。おれがそばにいる限り、いつもおまえの味方になってやるからなぁ」すると、ウルフは嬉しそうに尾を振って主人の顔をじっと見詰めるのであった。もし犬の心のなかにも哀切《あいせつ》の情が湧《わ》くのであれば、きっとウルフも心の底からリップのことを憐《あわ》れんでいたことだろう。

素晴らしい秋日和《あきびより》の森での長い散策を楽しんでいると、リップはいつのまにかキャッツキル山地の最も高い峰を登っていた。彼は大好きな栗鼠《りす》狩りに興じていたのだが、ひっそりと静まり返った一帯に、銃声が木霊《こだま》し、またその木霊を返した。狩りに興じ過ぎて精根尽き果てたリップが山の雑草に覆《おお》われた緑の小丘の上に身を投げ出して横になったのは、その日の午後遅くであった。その場所はちょうど断崖《だんがい》の頂《いただき》に位置しており、眼《がん》下《か》には木々の隙間《すきま》を縫《ぬ》って、何マイルも続く青々と一面豊かに茂った森林地帯が広がる絶景が見渡せ、さらに遥《はる》か下方には威風堂々たるハドソン川を望むことができた。紫に色づいた雲の影や、たゆたう小舟の帆《ほ》影《かげ》をその鏡のような水面《みなも》のあちこちに眠たげに映《うつ》しながら、ハドソン川は静かに壮麗《そうれい》な趣《おもむき》を醸《かも》しつつ流れ、やがて紺碧《こんぺき》に輝く高地のあいだにその姿を消した。

またべつの角度から見下ろせば、深い峡谷《きょうこく》が目に映った。そこはどこか荒涼として、物悲しく草木が野《の》放図《ほうず》に繁茂《はんも》しており、谷底は絶壁から崩《くず》れ落ちた岩の欠片《かけら》で埋め尽《つ》くされていた。そこは夕陽の微《かす》かな光りもろくに射し込まない薄暗いところであったが、しばらく横になって、リップはその光景をぼんやりと眺めていた。夕闇が次第に濃くなり、山々は長くて青い影を谷間に投げはじめた。このぶんだと、村に辿《たど》り着く前にすっかり暗闇に包まれてしまうだろうと、リップは懸念した。あの女房の激怒した表情を想像しただけでも身の毛がよだつ思いがした。そして、リップの口から深い溜息が洩《も》れた。

リップが山から下《お》りようとした、ちょうどそのときであった。遠方より「リップ・ヴァン・ウィンクル！　リップ・ヴァン・ウィンクル！」と呼びかける声が聞こえてきた。彼は辺《あた》りをぐるりと見回してみたが、一羽のカラスが向こうの山の上を渡っていく以外に何も見えなかった。ただの気のせいかもしれないと思い直して、リップはふたたび山を下りかけた。すると、夕闇の静寂《せいじゃく》を破《やぶ》って同じ呼び声がふたたび彼の耳を打った。「リップ・ヴァン・ウィンクル！　リップ・ヴァン・ウィンクル！」と、その声は響きわたった。と同時に、ウルフは背中の毛を逆立《さかだ》てて低い声で唸《うな》り、主人の傍《かたわ》らに寄り添いながら、さも恐ろしげな様子で谷間を覗《のぞ》き込んだ。リップは静かに忍《しの》び寄る、ぼんやりとした不安を感じたのか、心配そうにウルフと同じ方向に目を向けた。その声の主《ぬし》を見ると、それは背中に何か重い物を背負《せお》って前かがみになり、ゆっくりと険《けわ》しい岩山をよじ登って来る奇妙な恰好《かっこう》をした人物であった。こんな人里離れた寂《さび》しい場所で人に出会うなど思いもしなかったが、いずれにしても、リップは近隣の誰かが助けを求めているのだと思い込んで、急いで崖下《がけした》へと滑《すべ》り下りていった。

近づいてみると、リップはその男のあまりに風変わりな容姿にいっそう驚いた。背は低くいが、がっしりとした体格の老人で、髪の毛は黒々として、もじゃもじゃしており、白髪の交《ま》じった髭《ひげ》をたくわえていたのだ。また、服装は着古して年季の入ったオランダ風のもので、布製チョッキを身に着け腰の辺りは帯紐《おびひも》で締められて、半ズボンを上から重《かさ》ね穿《ば》きしていたが、外側の方はだぶだぶに仕立てられ両側に飾りのボタンが列状に並び、両膝《ひざ》には房《ふさ》が付されていた。彼はお酒がいっぱい入っていそうな大きな樽を肩に担《かつ》いでおり、リップに合図を送って手を貸してほしい旨《むね》を伝えた。この新たな知己《ちき》との出会いに、いささか気まずい思いをしつつも妙な不安を感じたが、リップは例のごとく、やすやすとその申し出に応じてしまったのだ。二人は代わるがわる肩に樽を担いで、山の涸《か》れた渓流《けいりゅう》の川床《かわどこ》に沿って狭い渓谷《けいこく》をよじ登っていった。高みに上がるにつれて、リップはときどき長い余韻を残す遠雷《えんらい》の音を聞いた。その響きは高い岩間《いわま》の深い峡谷《きょうこく》というよりは、むしろ岩の隙間《すきま》から洩れ聞こえてくるようであった。二人は険しい山路《やまじ》を踏んで、さらにその音が聞こえてくる方向へと歩みを進めた。リップは少しばかり立ち止まって考えたが、これはおそらく山の頂《いただ》き付近でよく起こる一時的な雷雨を伴う音に違いないと思って、さらに歩き進んだ。峡谷《きょうこく》を通り抜けると、切り立った絶壁に囲まれた小さな円形劇場のような窪地《くぼち》に出た。その絶壁に囲まれた窪地では木々の枝が覆《おお》いかぶさるように伸びていたので、青い空と真っ赤に燃える夕焼け雲がちらっと眺《なが》められるだけであった。この間ずっと、二人はお互いに押し黙ったまま樽を肩に担《かつ》いで登ってきたのだ。だが、どうして酒樽を肩に担いで、こんなに険《けわ》しく山深い道を辿《たど》って進まなければならないのか、その理由も分からないまま、とにかくリップはひどく不思議に思った。しかも、この得体《えたい》の知れない人物には、どこか薄気味悪いところがあって何やら空恐ろしくなり、あまり気軽になれなれしく接することはできなかったのである。

円形劇場に入ると、新たに奇妙な光景が目に入ってきた。その中央部の平《たい》らな場所でナインピンズ*9の遊戯に興ずる不思議な格好をした一団がいたのだ。彼らは滅多《めった》に見かけない異様な服装をしていた。丈《たけ》が短めの上着をまとっている者もいれば、布製チョッキを身に着けている者もいて、いずれも帯紐《おびひも》に短剣を差していたが、大部分は案内人であるこの老人と同じスタイルで、だぶだぶに仕立てた半ズボンを穿《は》いていた。彼らの顔つきも一風《いっぷう》変わっていて、長い顎鬚《あごひげ》を生《は》やし、頭が大きく豚のようなつぶらな瞳をした大顔の男がいたかと思えば、またべつの男の顔は全体が鼻でできているかのような相貌をして、白い円錐形《えんすいけい》の帽子を被《かぶ》り、それに赤い小さめの鶏《にわとり》の尾羽《おばね》を付けていた。彼らはみんな顎鬚を生やしていたが、色や形は様々であった。この一団のなかにはリーダー格と思《おぼ》しき男がおり、その人物はがっしりとした体格の老紳士で、風雪に耐え抜いたような風貌をしていた。この老紳士はレースで飾りつけられた腰のくびれた胴着を着て、幅広の帯紐に短剣を差し込み、さらに羽根を付けた山高帽《やまたかぼう》を被り、赤いストッキングを穿いて踵《かかと》の高い短靴《たんぐつ》にはバラの花飾りが付けられていた。たしか村の牧師のドミニー・ヴァン・シャイクの客間には古いフランドル絵画*10が飾られていたが、この一団の男連中を見ていると、リップはその絵画のなかに描かれている人物にそっくりだと思った。ちなみに、その絵画はかつて移住の時代にオランダから持ち込まれたものである。

リップが一番不思議に思ったのは、彼らをめぐる異様な光景であった。つまり、この一団の連中は明らかに遊びに興じているにもかかわらず、常に厳《きび》しい顔つきを崩《くず》さず、妙に沈黙を保っていたことである。リップがこれまで出会ったことのない、何とも

不気味な連中であった。この静寂《せいじゃく》を破《やぶ》るものは、ナインピンズの遊戯に使用する球が弾《はじ》ける音ぐらいで、球が転がるたびにまるで雷の響きのように山に木霊《こだま》するのであった。

リップとその連れの老人が遊びに夢中の連中たちに近づくと、彼らは突然ナインピンズの遊戯をやめて、まさに彫像のように瞬《まばた》き一つせずリップたちの顔を凝《ぎょう》視《し》した。その視線はどこか奇妙で、しかも表情の変化に乏《とぼ》しい顔は生気《せいき》に欠けていたのだ。こうした不気味な雰囲気に接しているとリップはすっかり動転してしまい、両膝《ひざ》が思わずわなわなと震《ふる》えだした。リップの連れの老人は、ここまで運んできた樽の中身を幾つかの酒瓶に注ぎ入れた後に、彼らに給仕《きゅうじ》をするようにとリップに合図を送ると、リップは怯《おび》えて震えながらそれに従った。一団の男たちは黙ってその酒を飲み干すと、まもなくしてナインピンズの遊戯を再開したのである。

やがてリップの恐怖心や懸念は薄らいでいった。彼は誰も自分に注意を払っていないことをいいことに、その隙《すき》に思い切って酒を口に含んでみた。すると、上等なオランダ産独特の香り高い風味《ふうみ》が鼻に抜けた。リップは生来《せいらい》の酒好きな嗜好《しこう》も手伝い、もう一杯、もう一杯と誘惑に負けて、ついつい酒がすすんだ。このように何度も何度も酒瓶を傾《かたむ》けるにつれて、いよいよ一人酩酊《めいてい》の淵《ふち》に沈んで正気を失ってしまったのである。そして、とうとう、頭がぼーっとして重くなり、次第にその頭も垂《た》れ下《さ》がると、そのまま深い眠りのなかへと落ちていったのだ。

目を覚《さ》ますと、リップは緑溢《あふ》れる小さな丘の上にいた。そこは夕闇の谷間で、初めてあの老人と遭遇《そうぐう》したところであった。彼は思わず目をこすって辺《あた》りを見回した。陽射しの眩《まぶ》しい朝だった。茂みのなかでは小鳥たちが飛び回ったり、囀《さえず》ったりしていた。一羽の鷲《わし》が空高く弧を描いて舞いながら、山の新鮮な息吹《いぶき》を満喫《まんきつ》していた。「え？　まさか」とリップは思った。「まさか、一晩中ここで眠りこけてしまったというわけではないだろうな」。彼は眠ってしまう前の出来事を思い返してみた。リップの頭を過《よ》ぎった風景は酒樽を肩に担《かつ》いでいた男、山間《やまま》の峡谷《きょうこく》、岩間《いわま》に隠れた未開の場所、ナインピンズの遊戯に興じる男たち、そして酒瓶であった。「あの酒瓶だ！　あの酒瓶にしてやられたんだ」、とリップは思った。「女房に何と言い訳したらいいんだ！」

さて、彼は自分の持っていた銃を探そうと周《まわ》りを見回したけれど、それらしい物は見当たらない。あの手入れが良く行き届き、油をひいた鳥打ち銃の代わりに、足元に古びた火縄銃が転《ころ》がっているのに気づいた。その銃身はひどく錆《さび》ついており、ガンロックと呼ばれる発射装置は抜け落ちそうな状態で、銃床《じゅうしょう》は虫に食われてしまっていた。そこでリップはこのように勘繰《かんぐ》った。つまり、これはあの厳粛《げんしゅく》な顔をした山賊《さんぞく》どもの仕業《しわざ》で、彼らにまんまと騙《だま》され酒をたらふく飲まされていつの間にか酔い潰《つぶ》れてしまい、そのあいだに銃を持ち去られてしまったに違いない、と。さらにウルフの姿も見当たらないが、どうせあの犬は栗鼠《りす》や猟鳥《りょうちょう》を追って、どこかに迷い込んでしまったんだろうと、リップは思った。彼はウルフの居所を求めて口笛を吹き、その名を呼んでみたが、まったく応えがなかった。口笛とウルフを呼ぶ声だけが響いて繰り返し木霊《こだま》しただけで、ウルフの姿は影も形もなかったのである。

とりあえず、リップは昨夕のナイスピンズの遊戯場に戻ってみようと決心した。そこで、もし、例の一団のうちの誰かに出くわしたら、自分の銃とウルフを返してもらおうという腹積《はらづも》りであった。リップは身を起こして歩こうとしたところ、体中の関節が強《こわ》張《ば》ってしまい、どうにも身動きが取れなくなっていた。「山中で寝るなんて、もうまっぴらだ」とリップはつくづくそう思った。「もし、こんな身勝手な事をしておいて、リユーマチの発作《ほっさ》でも引き起こして寝込むようなことにでもなれば、きっと女房から大目《おおめ》玉《だま》を食らうことになるなぁ」。結構しんどい思いをしながら、リップは谷間へと下《お》りた。昨日の夕方に案内人の老人と一緒に登った峡谷を見つけたが、驚いたことに、今や山岳《さんがく》からの渓流《けいりゅう》は白く泡立ち、轟々《ごうごう》と音を立てて辺りの岩にぶつかり、激しい水飛沫《ひまつ》をあげて谷間を埋め尽くしていたのである。しかし、彼は何とかして斜面をよじ登り、そして白樺《しらかば》やサッサフラス（クスノキ科の落葉樹）やマンサク（マンサク科の落葉樹）の木々を通り抜けたが、その途中で野生の葡萄《ぶどう》の蔓《つる》が足に絡《から》まって思わず転《ころ》びそうになったりした。こうした葡萄の蔓は木々を渡って蔓や巻きひげを巻きつけて網《あみ》状になっているので、リップは行く手を阻《はば》まれてかなり難儀《なんぎ》したのである。

リップはやっとの思いで峡谷《きょうこく》の険《けわ》しい断崖《だんがい》のあいだを抜けて、円形劇場へと通じる場所までやってきた。ところが、その通路らしきものは跡形《あとかた》もなく消えていたのである。周囲の岩を見渡してみれば、それらは容易に越え難いほど高く聳《そび》え立って、その上からは渓流《けいりゅう》の砕《くだ》けた波の飛沫《ひまつ》が羽毛のような白い泡状になって舞っていたし、その渓流は辺《あた》りの森陰《もりかげ》で薄暗くなった広くて深い滝壷へ落ちていた。かわいそうにも、リップはそこではたと行き詰ってしまった。彼はもう一度口笛を吹いて愛犬ウルフを呼んでみたが、それに応えたのは空を彷徨《ほうこう》するのんきなカラスの群れの鳴き声だけであった。カラスの一群は明るい陽射しを浴びた断崖の上に聳える枯れ木の辺りの上空を騒《さわ》がしく飛び回って戯《たわむ》れていたが、そのような高みから困惑気味な表情を浮かべたこの憐《あわ》れな男を見下《みお》ろして、何やら嘲笑《ちょうしょう》しているかのように見えた。いったいどうしたらよいものやら。朝の時間が過ぎてゆくにもかかわらず、リップはまだ朝食も取っておらずひどい空腹感に苛《さいな》まれていた。銃と愛犬ウルフを諦《あきら》めることは悲しく辛《つら》いことであったが、また一方で、家に戻ってあの女房に会うのも怖かった。だからといって、山中で餓死《がし》するわけにもいかない。彼は頭を横に振ると、とにかく錆《さ》びついた銃を肩に担《かつ》ぎ、当惑を深め不安を募《つの》らせながら家路《いえじ》へと急いだのだった。

リップは村に近づくにつれて、たくさんの人たちと出会ったが、見覚《みおぼ》えがあるような顔は見当たらなかった。これにはさすがに驚いた。というのは、これまで彼の知らない近隣の人たちなどいなかったからである。彼らが身に着けている服装についても、馴染《なじ》みのないものばかりだった。他方、彼らもみんな同様な驚きをもってリップの顔をじっと覗《のぞ》き込むと、きまってふむと顎《あご》を撫《な》でるのだ。彼らが何度もこの仕草《しぐさ》を繰り返すものだから、リップは思わず自分の顎に手を当てた。すると驚くなかれ、彼の無精髭《ぶしょうひげ》は一フット（三十センチメートル）も伸びているではないか。

リップはすでに村の外《はず》れに足を踏み入れていた。どこからか見知らぬ子供たちの一団

From a photograph of Joseph Jefferson as Rip Van Winkle
出典：*The Sketch Book of Geoffrey Crayon Gent.* (G.P.Putnam's Sons, 1895)

が現れて、彼の後に従い、面白おかしく囃《はや》したてながら白髪混じりの顎鬚《あごひげ》を指差して戯《たわむ》れていた。辺《あた》りには昔馴染《なじ》みの犬など一匹としていない。それもあってか、そこをリップが通りかかると、犬たちはやたらと吠え立てるのであった。村の様子もすっかり変わっていた。村の規模は以前より大きくなり、人の数も増えていたし、今まで見たこともないような家並みが続いていた。それとは反対に、リップが頻繁《ひんぱん》に顔を出していた昔から馴染み深い家々は跡形《あとかた》もなく、まったく消え失《う》せていた。何しろ玄関の表札《ひょうさつ》には聞いたこともないような人の名字が記されていたし、窓辺《まどべ》からこちらの方を眺《なが》めている顔にも見覚《みおぼ》えがなかった。このように、何もかもが知らないことばかりで、彼の心のなかに不安が広がりはじめた。リップは自分も周囲の世界も魔法をかけられているのではないかと疑心暗鬼《ぎしんあんき》に陥《おちい》っていたのである。紛《まぎ》れもなく、ここはリップが生まれた村であり、よくよく考えれば、この村を後にしたのはつい昨日のことなのだ。向こうにはキャッツキル山地が連《つら》なり、遠くにはゆったりと流れる銀色のハドソン川が見えるし、すべての丘や谷も以前とまったく変わっていない。リップの頭はすっかり混乱してしまった。

「きっと、昨夜飲んだあの酒のせいだ」と彼は思った。「あの酒を飲んだものだから、す

つかり頭がいかれてしまったのだ」
　リップは四苦八苦しながらやっとのことで、わが家へ通じる道を見つけた。そして、恐る恐る家にそっと近づいてみた。鼓膜《こまく》をつんざくかのような女房の金切《かなき》り声が聞こえてこないかと怯《おび》えながら、そのときを今か今かと待った。家はすっかり荒れ果てて変わってしまい、屋根は崩《くず》れ落ち、窓は壊《こわ》れて吹き曝《さら》し状態で、

扉は蝶番《ちょうつがい》が外《はず》れていた。ウルフによく似た犬は餌も与えられず餓死《がし》寸前の状態のまま放置されていた。リップはその犬に向ってウルフと呼びかけてみたところ、犬は唸《うな》り声を上げて歯を剥《む》くと、どこかによろよろ歩いて行ってしまった。まさかこんな仕打《しう》ちをされるとは、何と無愛想なこと。「私の愛犬までが」とリップは溜息をついた。「私のことを忘れてしまうなんて」

リップは家のなかに足を踏み入れた。実際、彼の女房はいつも家中の整理整頓を怠《おこた》らなかったのである。それがどうだろう、ガランとした家のなかに漂《ただよ》うこの寂寥《せきりょう》感は。今はもう、人の住む気配《けはい》すらないのだ。このようなひどく荒れ果てた状況を見れば、女房に対する恐怖心など、どこかへ消え去ってしまった。彼は大声を張り上げて女房と子供の名を呼んでみたが、人気《ひとけ》のない部屋のなかにその声が一瞬響きわたると、すぐに途切れて、また静寂《せいじゃく》が辺《あた》りを包むのであった。

リップはすぐさまそこから飛び退《の》いて、行きつけの村の旅籠《はたご》に急いだ。ところが、いつのまにかそれもなくなっていた。その場所には、老朽化した木造の大きな建物が建っていたのだ。建物の窓という窓はみんな大きな口を開け、しかも、幾つかの窓は壊れて古い帽子やペティコートで修繕されていた。戸口の上を見ると、そこには「ジョナサン・ドゥリトルのユニオン・ホテル」とペンキで書かれてあった。以前にはあの静寂《せいじゃく》を漂《ただよ》わせた瀟洒《しょうしゃ》なオランダ風の旅籠《はたご》に影を投げかけていた大木が聳《そび》え立っていたが、それに代わって、今はスッと伸びた裸の竿《さお》が一本立ち、その天辺《てっぺん》には赤いナイトキャップのようなものが載っていて、そこから星と縞《しま》が組み合わせられた奇妙な模様の旗が翻《ひるがえ》っていた。リップにとっては、これらすべてが自分の理解を超えたことであり、どうにも奇異に感じられて仕方なかった。そして、彼は看板に描かれたジョージ三世の赤ら顔に気づいた。何しろ、かつてはその看板の下で幾度となくパイプを吹かしながら長閑《のどか》に憩《いこ》ったものだ。しかし、この肖像画さえも、変に歪《ゆが》められて描き出されていた。すなわち、元の肖像画の人物は赤い軍服をまとっていたはずなのに、この肖像画は青と淡黄色のものに衣替《ころもが》えしており、片手には王笏《おうしゃく》の代わりに剣が握られていたのだ。そして頭にコックドハットと呼ばれる二角帽子を被《かぶ》り、その下には大きくワシントン将軍とペンキで書かれてあった。

旅籠の戸口の辺《あた》りは相変わらず人だかりで賑《にぎ》わいを見せていたが、リップのことを知っている者は誰一人としていなかった。ここにいる人たちの性格までも一変したように思われた。昔馴染《なじ》みのゆったりとした眠気《ねむけ》を誘うような静謐《せいひつ》な雰囲気が壊《こわ》れてしまい、どこか気忙《きぜわ》しく喧騒《けんそう》に包まれたどこか理屈っぽい空気感が支配していた。リップは例の村の長老格ニコラス・ヴェダーを探し当てようとしてみたが、その姿はどこにも見当たらなかった。彼は二重顎《にじゅうあご》の大きな顔を綻《ほころ》ばせると、いつも上等な長いパイプからおもむろに雲のような煙を吐き出して不要な言葉など一切口にしなかったものだ。また残念なことに、何とも悠長《ゆうちょう》な雰囲気を醸《かも》しながら、古新聞の記事を読み上げていた校長のヴァン・バンメル氏の姿も見つけ出すことはできなかった。こうした昔からの知己《ちき》たちの代わりに、痩《や》せ細った体格で激昂《げっこう》しやすいタイプの男が宣伝ビラをポケットいっぱいに詰め込んで、市民の権利、選挙、議員、自由、バンカーヒルの戦い*11、独立戦争の勇士たちについて、何やら大声で喚《わめ》き散らしていたのだが、あまりに驚き動転してしまっていたリップには、それが何のことかまったく意味が分からなかった。

白髪混《ま》じりの長い顎鬚《あごひげ》を生《は》やし、錆《さ》びついた鳥打ち銃を持ち、異様な服装をしたリップが、たくさんの女子供を従えてその場に姿を現したものだから、たちまちのうちに政治議論を吹っかけて国士気取《こくし》りをまとっている酒場連中の注目の的となってしまった。彼らはリップを囲んで、あからさまな好奇心を向け、頭の先から爪先までゆっくりと舐《な》めまわすように眺めた。先ほどの弁士がリップのところに急いで駆け寄ると、彼を脇道へ連れ出して「どちらに投票するのかね」と唐突に尋ねた。リップはただただ呆気《あっけ》にとられて相手の顔をしげしげと見詰めた。そうかと思うと、今度は小気味《こきみ》よく立ち回る小柄の男がリップの腕を引っ張って、背伸びをしながら耳元で「つまり連邦党か民主党かだが?」と訊《き》いた。やはり前と同様に、リップは質問の意味がわからず答えに窮《きゅう》した。そのときだった。先の尖《とが》ったコックドハットを被《かぶ》り、万事心得たかのような面構《つらがま》えをした尊大な態度の老紳士が左右に突き出した肘《ひじ》で、ぐいぐいと人混みを搔《か》き分けながら近づいてくると、リップの面前に立ちはだかった。この老紳士は片手を腰に当て、反対の手はステッキの上に乗せていたが、その鋭い眼光と先の尖った二角帽は、まるでリップの心の奥まで突き刺すかのような迫力があった。彼は厳格な口調で問いただした。「いったいどんな魂胆《こんたん》があって、お前さんは選挙にくるのに銃を担《かつ》いで群衆を引き連れてんだい? 暴動でも起こそうと企《たくら》んでいるのかね?」。「とんでもない! ところで、みな

From a photograph of Joseph Jefferson as Rip Van Winkle
出典：*The Sketch Book of Geoffrey Crayon Gent.* (G.P.Putnam's Sons, 1895)

さん」と、リップはいささかうろたえたように声を張り上げた。「私はこの土地の生まれで、何ともお粗末な人間です。王に忠誠を誓《ちか》う臣民の一人です。王に祝福のあらんことを」

すると、リップの周囲にいた者たちが、いきなり一斉《いっせい》に騒ぎ立てたのである。「トーリー党（王党）*12だ。トーリー党員だ。スパイだ！　亡命者だ！　やっちまえ！　叩き出すんだ！」

だが、やっとのことで、この場の騒動を落着させることができたのは、例のコックドハットを被《かぶ》った尊大な態度の老紳士であった。彼は十倍もの厳《いか》めしい表情を浮かべて、この素性《すじょう》の知れぬ罪人に向って、どうしてここにやってきたのか、また誰を探しているのかと、しつこく詰め寄ったのである。それに応えて、みすぼらしい風体《ふうてい》のリップはおずおずとした態度でこう言った。つまり、彼には人を傷つけるつもりなど毛頭《もうとう》なく、普段からよくこの酒場辺《あた》りで見かけた近隣の連中を探しに来ただけだ、と。

「うん、なるほどね。それはどういう連中なんだ。彼らの名前は？」

リップは少し考えてから、こう尋ねた。「ではお聞きしますが、ニコラス・ヴェダーはどこにいるんですか?」

しばらく静まり返ったままで、それに返答する者は誰もいなかった。やがて、ひとりの老人が、か細いが甲高《かんだか》い声を響かせてそれに答えた。「ニコラス・ヴェダーだって! えらく昔の話じゃなぁ。もう亡くなってから十八年にもなるよ。教会の墓地に、あの人の生涯にまつわることがすべて書かれた木製の墓標が立っていたが、それも今や朽《く》ちてなくなってしまったよ」

「それでは、ブロム・ダッチャーはどうしていますか?」

「ああ、あの人か。彼はね、戦争がはじまるとすぐに軍隊に入隊したんだ。ニューヨークのストーニー・ポイントの戦闘*13で亡くなったという人もいれば、アントニーズ・ノーズ岬*14の麓《ふもと》附近で嵐に巻き込まれて溺死《できし》したという人もいる。いずれにしても理由はよくは分からないが、彼は二度とここに戻って来なかったよ」

「校長のデリック・ヴァン・バンメルの行方は?」

「あの人も戦争に行って立派な将軍になられたが、退役後の今は国会議員をなさっているよ」

リップの心は廃《すた》れてしまった。何しろ、自分の生まれ故郷や知己《ちき》の身に降りかかった悲しい変化を耳にして、どうやらこの世にひとり取り残されてしまったことを知らされたのだから無理もない。何を聞いても、その一つ一つの答えに彼は困惑するばかりであった。いずれの話もひどく長い年月の経過を物語っていたし、リップの理解を超えることばかりであった。戦争、議会、ストーニー・ポイント、どれもこれもまったく知らないことばかりなのだ。リップはもうこれ以上のことを尋ねる勇気も挫《くじ》け、絶望に駆られて叫んだ。「みなさんのなかで、リップ・ヴァン・ウィンクルという人物をご存知の方はいませんか」

「え! リップ・ヴァン・ウィンクルのことか」と、そこにいた二、三人の者がその名を口にした。「もちろん知ってるが。ほら、あそこにいるよ。彼がリップ・ヴァン・ウィンクルだ。木に寄りかかっている男だよ」

リップは、その人物に目をやった。なるほど、その男はキャッツキルの山に登ったときの自分とまったく瓜二《うりふた》つの容姿をしていた。明らかに怠《なま》け者風情《ふぜい》で、実際に身にまとっているのは同じようなボロ服であった。悲しいかな、気の毒なリップはこの状況が理解できずに困惑してしまった。では、果たして自分は何者なのか、自分は本当に自分なのか、あるいは他者《よそもの》なのか、リップの不安は募《つの》った。リップは当惑の極致に追いやられてしまったのだ。そのとき、あの先の尖《とが》ったコックドハットを被《かぶ》った老紳士が、おまえはいったい何者なのか、名前を名乗りなさい、と訊《き》いてきた。

「そんなこと、知るものか」と、リップは思案《しあん》の挙句《あげく》に言った。「私は自分じゃないのか。べつの人物なのか。向こうに見える人物が私なのか。いや、違うはずだ。あの男はきっと自分に成り代わった人物なんだ。昨夜までの私は、私だったんだ。ところが、不覚にも山中で眠りに落ちたことで、自分の銃は変えられてしまうし、私を取り巻く世界は何もかも変わってしまった。そのうえ、私自身も変わってしまったのだ。私の名前は？　いやその前に、私はいったい何者なのか！」

このときに彼の周囲にいた連中は、お互いに視線を合わせて頷《うなず》き合い、そして意味ありげに目配《めくば》せを交《かわ》わして額《ひたい》を軽く指で叩いた。さらに、この老人から銃を取り上げて危《あぶ》ない真似をさせるな、といった囁《ささや》き声も聞こえた。そんな言葉が耳に入ったからなのか、コックドハットを被った尊大な態度の老人はいくぶん動揺した様子で、その場を立ち去ってしまった。この張り詰めた緊張感のなか、ひとりの若々しい別嬪《べっぴん》の娘さんが人混みのなかを縫《ぬ》って姿を現し、この白髪《しらが》混《ま》じりの老人の顔を覗《のぞ》き込んだ。彼女は腕にぽっちゃり太ったかわいい子を抱いていたが、この子はリップの風采《ふうさい》に接すると怯《おび》えて大声で泣き出してしまった。「静かにするのよ、リップ」と、彼女は声を荒らげた。「いいわね、静かにするのよ。泣いたりして、お馬鹿さんねぇ。このお爺《じい》さんはべつに何もしないわよ」。ところで、子供の名前、母親の仕草《しぐさ》、また声の調子、これらのすべてはリップの心に一連の記憶を呼び覚《さ》ました。「おまえさんの名前は何と言うのかね?」、とリップは彼女に尋ねた。

「ジュディス・ガーディニアといいます」

「では、おまえさんのお父さんの名前は何て言うんだね?」

「父は本当にかわいそうな人なんですよ。名前はリップ・ヴァン・ウィンクルって言います。二十年前に銃を持って家を出たきりで、それ以来、音信不通なんです。犬のウルフだけが戻ってきたんですが。果たして銃で自殺でもしたのか、インディアンに連れ去られてしまったのか、父の行方《ゆくえ》を知っている人は誰一人としていないんです。何しろ、その頃の私はまだほんの子供でしたから」

リップにはもう一つだけ訊《き》いておきたいことがあった。彼は口ごもりながら尋ねた。

「ところで、おまえさんのお母さんは?」

「母はつい先日亡くなりました。ニューイングランドから来た行商人と遣《や》り合っていたときにかんしゃくを起こして、血管が破裂してしまったんです」

リップはその知らせを聞いて少なからず安堵《あんど》した。この真面目な男は、もはや居ても立ってもいられなくなり、その娘と子供を両腕で抱きしめた。「私はおまえの父親なんだよ」、とリップは叫んだ。「この私リップ・ヴァン・ウィンクルだって、かつては若かったんだが、今となってはご覧の通りの老いぼれ風情《ふぜい》さ。どなたかこの憐《あわ》れなリップ・ヴァン・ウィンクルのことを覚えていませんか」

周《まわ》りにいたすべての人たちはすっかり虚を衝《つ》かれて唖然《あぜん》としたままであった。すると、ひとりの老婆がひしめき合う群衆の波を掻《か》き分けながら歩み寄ってきて、片手を額《ひたい》の辺《あた》りにかざすと、リップの顔をちょっと覗き込んだ。そして、こう叫んだ。「間違いない。本物だわ。リップ・ヴァン・ウィンクルさんだ。その人に間違いない。お懐《なつ》かしい、ようこそお帰りなさい。二十年もの長いあいだ、どこにいなさったかね？」

リップは、その間の事情をあっという間に語り終えた。つまり、彼にとって丸二十年という歳月は、たった一夜の出来事に過ぎなかったからである。近所の人たちは、その話を耳にして驚嘆《きょうたん》を隠せないでいた。お互いに意味ありげに目配《めくば》せする連中もいれば、頬《ほお》を舌で膨《ふく》らまして驚きの表情を作る者もいた。一連の騒動が収まると、コックドハットを被《かぶ》った尊大な態度の老人はこの場に戻ってきたが、口元を歪《ゆが》めて無言で首を横に振った。それに合わせるかのように、リップに釘付けになっていた群衆も揃《そろ》って首を横に振るのであった。

いずれにしても、ピーター・ヴァンダドンク老人の意見を仰《あお》ぐということでみんなの考えが一致したのだ。この老人がのんびりと道を歩いてくるのが見えたのは、ちょうどそのときであった。彼はこの地方の最も古い歴史を書き残した同じ名前の歴史家の子孫であった。ピーター老人はこの村で一番古株の長老であり、過去に近隣で起こった不思議な出来事や伝説の類《たぐい》に関することは、実によく知っていた。だから、彼はリップのことをすぐに思い出すことができたのだ。そして、誰もが理解できるようにリップの話をやさしく語って聞かせてくれた。この老人が一同に向かって語るところによると、以前からキャッツキル山地に正体不明の魔物が出没することは知られていたのだという。それは先祖の歴史家からも伝えられていたので事実らしい。さらに、最初にハドソン川とそれが流れるこの地方を発見したことで知られる偉大なる探険家ヘンドリック・ハドソンが半月号（ハーフムーン）の乗組員を伴い、二十年に一度の機会を利用してキャッツキル山地の山中で、いわば不寝番《ふしんばん》を務めるのだ。このこともすでに確認されているのである。かくして、彼は自らの探検地を繰り返し訪れて、自分の名前が冠《かん》されたこの川と土地を守護することを許されていたのである。かつて、ピーター老人の父親は、キャッツキル山地の窪地《くぼち》でナインピンズのゲームに興じていた古臭いオランダ風の衣装をまとった連中を目撃したことがあるし、ピーター老人自身も、ある夏の日の午後に、まるで遠《えん》雷《らい》の轟《とどろ》きのように球が弾《はじ》ける音を聞いたことがあるというのだ。

事の経緯を掻《か》い摘《つま》んで言えば、そこに集まっていた群衆はまもなくして三々五々散らばり、話題はこれよりもずっと関心の高い選挙の件に戻ったのである。そして、リップの娘は父親をわが家に連れ帰って一緒に暮らすことにした。娘はきちんとした居心地のよい住まいを構えており、その亭主は陽気な人柄《ひとがら》で頑強《がんきょう》な体格の持ち主の農夫であった。リップは娘の亭主が、かつては自分の背中によじ登って戯《たわむ》れていたガキ大将のひとりであったことを思い出した。ところで、リップの跡取りの長男坊は先ほど木に寄りかかっていた父親そっくりの男であるが、彼は農家の仕事に雇われている身であった。リップの息子は父親の性格を受け継いでいるだけあって、何にでもすぐ手を出す癖《くせ》があったが、それでいて、いざ自分の仕事ということになると、からきし駄目《だめ》な若者であった。

今や、リップは気ままに散歩や道楽《どうらく》に興じるといった本来の性癖《せいへき》を取り戻していた。昔の多くの仲間たちとも再会を果たすことができたが、みんな寄る年波には勝てず疲れ果てていた。そんなこともあり、リップは若い連中と親しく友だち付き合いをしていると、まもなく彼らと意気投合してたいへんな人気者になった。

ところで、彼は家にいてもこれといってすることもないのだ。日々無為《むい》に過ごしているからといって、その怠慢《たいまん》さを責める人もいない。このようにリップは、もはや結構な年齢に達していたのである。そこで、また以前のように旅籠《はたご》の戸口にあるベンチに腰を下《お》ろすと、村の長老格のひとりとして尊敬を集め、「アメリカ独立戦争前夜」の古い時

代を表象する年代記的な存在として慕《した》われるようになったのだ。しばらくすると、リップは普通の世間話をする仲間たちのなかに入ることができたし、山中で酔い潰《つぶ》れて眠りこけている隙《すき》に起こった摩訶《まか》不思議な出来事もようやく理解できるようになった。すなわち、そのあいだに独立戦争がいかにして起こったのか、イギリスの支配からいかにして独立したのか、もはや自分

は以前のようなジョージ三世の臣民ではなく、今はアメリカ合衆国の自由を保障された一人の市民であるという事実が了解できたのだ。実際には、リップは政治にはまったく無頓着《むとんちゃく》であった。したがって、どのように国家や帝国の政治形態が変わろうと、リップにはほとんど何の感銘《かんめい》も与えなかった。けれども、その昔ある種の専制政治の脅威が身近に存在しており、その下でリップは長く喘《あえ》いでいたのである。それは、世に言うかかあ天下であった。幸いなことに、それも終焉《しゅうえん》を告げていた。また結婚生活という枷《かせ》が外《はず》れたので、リップはもはや横暴な女房からも解放されて、いつでも好き勝手なときに家を出入りすることができる身になっていた。しかし、これまでの習癖《しゅうへき》なのか、女房の名前を聞くと、つい首を振ったり、肩をすくめたりして、呆然《ぼうぜん》と空を仰《あお》ぐのであった。こういった仕草《しぐさ》は、自分の運命を諦《あきら》める表現とも考えられるし、解放された歓喜とも受けとれるだろう。

リップはドゥリトルの旅籠《はたご》の客人であれば、誰にでも自分の身の上話を語って聞かせた。初めのうちこそ、話すたびに話の内容が変わって怪《あや》しいところもあったが、それも無理からぬことであった。何しろ、山中の眠りから覚《さ》めたばかりであったからだ。結局は、リップにまつわる話は、私が縷々《るる》述べてきたような物語となって、この地に根づいたのである。だから、この近隣では男の人であれ、女の人であれ、あるいは子供であれ、誰もがその話を感銘深く心に留めているのだ。とはいっても、人によっては、その話の信憑性《しんぴょうせい》を疑うかのような眼差しを投げかけて、リップは頭がおかしいから、いつもこんな突飛な話に終始するのだ、と言って自説を譲《ゆず》らない者もいた。しかし、年配のオランダ人たちは等しくリップの話をひたすら信じて、今でも、彼らは夏の日の午後に雷鳴《らいめい》がキャッツキル山地の附近で響くと、きまってヘンドリック・ハドソンとその乗組員たちが一緒になってナインピンズの遊戯に興じているのだと言うのだ。また、この近隣の女房連中の尻に敷かれている従順な亭主たちは、浮世《うきよ》の辛《つら》さで心が重く沈んだときには、一様にリップ・ヴァン・ウィンクルの酒瓶からぐいっと一杯呷《あお》って憂《う》さを晴らそうと思っているのである。

原注

この物語は、ニッカボッカー氏が赤髯《ひげ》王フリードリヒ一世*15とキフホイザー山地をめぐるドイツの迷信話から思いついたものではないかと考える人がいるかも知れない。しかし、彼が本書に付した次の注によれば、これは正真正銘の実話であって、例の如《ごと》く忠実に語り述べられたものであることが分かる。

「このリップ・ヴァン・ウィンクルの話は、多くの人たちには信じ難いと思われるだろうが、私はこの話に揺るぎない信頼を寄せて疑うことを知らない。つまり、私たちの住んでいる昔のオランダ植民地附近には、不思議な出来事や現象が数多く発生したことを知悉《ちしつ》しているからだ。実際に、私はハドソン川近辺の村々において、これよりももっと多くの世にも奇妙な話を耳にしたことがあるが、そのいずれの話もすでに実証済なので、疑問をはさむ余地がなかった。私はリップ・ヴァン・ウィンクルその人と親しく言葉を交《か》わしたことさえある。彼と最後に会ったときは、すでにかなりの高齢に達していたにもかかわらず、その他のすべての事象に関しても完璧に論理的で、しかも一貫性があった。だから良識のある人であれば、この話の信憑性《しんぴょうせい》が高いと肯首《こうしゅ》せざるを得ないと思う。いや、さらに言わせていただければ、私はこの話に関しての証明書が地方裁判官のもとに提示されて、裁判官の自署による十字の記号が書き記されたものを見たことがある。こう考えれば、この物語には一切の疑いを入れない。ディートリッヒ・ニッカボッカーより」

追記

次に挙げるのは、ニッカボッカー氏の覚《おぼ》え書きから抜粋《ばっすい》した旅行記である。

カーツバーグ山地、別称キャャッツキル山地は、古来より常に伝説に富んだ場所である。その昔、インディアンたちはそこを妖精《ようせい》の棲《す》み処《か》であると考え、その妖精が天候を操《あやつ》ったり、大地の上に燦々《さんさん》と太陽の威光を降り注いだり、青空を雲で覆《おお》ったり、また、狩猟の季節に幸いしたり禍《わざわい》したりするのだ。こうしたこと一切を支配しているのは母なる年老いた女の妖精らしい。この妖精はキャャッツキル山地の最高峰に棲み、昼夜の扉を司《つかさど》り、適切な時間に開閉の作業を執《と》り行っている。彼女は夜空に新しい月をかけて輝かせ、古くなった月を壊《こわ》して星屑《ほしくず》にしてしまうのだ。日照りが続く干《かん》ばつのときには、適当にご機嫌をとっておけば、この老女の妖精は蜘蛛《くも》の巣と朝露《あさつゆ》から夏雲を紡《つむ》ぎ出し、キャッツキル山地の頂上から繊維状に梳《す》いた綿のように、一枚ずつ撒《ま》き散《ち》らして空中にふわっと浮かばせてくれるのだ。すると、それらは太陽の熱で溶《と》かされて恵みの雨となって地に降り注ぎ、草花を萌《も》えさせたり、果実を成熟させる。また、トウモロコシなどは一時間に一インチも成育させることができるという。ところが、老女の妖精《ようせい》のご機嫌を損《そこ》ねてしまうと、彼女は墨のような黒雲を巻き起こし、まるで太った蜘蛛《くも》が巣の奥座敷にでも鎮座《ちんざ》しているかのような格好《かっこう》で佇《たたず》み、これが裂けようものなら下界《げかい》の峡谷《きょうこく》は大きな禍《わざわい》を招き入れること必至である。

インディアンの昔からの伝説によれば、マニトウ*16と呼ばれる、いわば自然を支配する神がキャッツキル山地の最も鬱蒼《うっそう》とした奥深い場所に棲《す》んでおり、あらゆる悪戯《いたずら》を仕掛けてはインディアンたちを苛立《いらだ》たせては面白がっていたという。たとえば、ときには、熊や豹《ひょう》や鹿などの姿になったマニトウは猟師を山道に迷わせ、相当疲れ果てるまで森のなかの入り組んだ道や表面がごつごつした岩塊《がんかい》のあいだを引きずり回した末に、ホー！

ホー！　と叫んだかと思うと、その場から飛び去ってしまうのである。すると、呆然《ぼうぜん》とした猟師は急峻《きゅうしゅん》な断崖《だんがい》絶壁や激流の淵《ふち》に置き去りにされるのだ。

マニトウのお気に入りの住居は今でも存在し、それはキャッツキル山地のなかでも最も奥まって寂《さび》しい場所にある大きな岩塊や断崖に位置している。その周囲には花咲く蔓《かずら》が巻きつき飾られ、さらに辺《あた》り一面には野花が咲き誇《ほこ》っているために、花の岩塊と名付けられて一般に知られるようになったのである。その麓《ふもと》附近には小さな湖があって、そこは寂《さび》しいサンカノゴイという鷺《さぎ》の棲《す》み処《か》となっている。また、水蛇《みずへび》が水面《みなも》に浮かぶ睡《すい》蓮《れん》の葉の上で燦々《さんさん》と輝く太陽をいっぱいに浴びて日向《ひなた》ぼっこをしていても、インディアンたちがこの場所に畏怖《いふ》の念を抱いていたこともあり、どんなに勇敢な猟師であっても、この聖域で獲物を追うようなことはしない。ところで遥《はる》か昔のことになるが、道に迷ってしまった猟師が、この花の岩塊の領域に入り込むと、木々の叉にたくさんの瓢箪《ひょうたん》がぶら下がっているのに気づいて、そのうちの一つを失敬して持ち帰ろうとしたのだが、急ぐあまりに岩間《いわま》にそれを落としてしまった。すると、たちまちのうちに大洪水が起こり、それによって彼は断崖から転落してしまい、果てには木《こ》っ端微塵《ぱみじん》となってしまったという話である。その大洪水はハドソン川の流れとなり、今日に至っている。その流れがカーターズ・キルの名で呼ばれるゆえんである。

訳注

1 ウィリアム・カートライト（William Cartwright, 1611-43）は、イギリスの詩人、劇作家・牧師。その作風はイギリスの桂冠詩人ベン・ジョンソン（Ben Jonson, 1572-1637）の影響が強いと言われている。

2 「怒りよりも悲しみの方が先立つ」（"more in sorrow than in anger"）という表現は、シェイクスピアの『ハムレット』第一幕第二場からの引用句。

3 一八一五年にナポレオン・ボナパルト率いるフランス軍が、ウェリントン将軍率いる連合軍に大敗した戦いを「ワーテルローの戦い」と呼ぶ。

4 ハドソン川は、ニューヨーク州の東部をおよそ五百キロ南流し、大西洋に注ぐ大河。その名称は一六〇九年に、この川を探検したイギリス人探検家ヘンリー・ハドソン（Henry Hudson）に由来する。

5 キャッツキル山地は、ニューヨーク州の中部に位置し、なだらかな稜線《りょうせん》で連なる壮大で美しい山並みを誇《ほこ》る。この山地はジェイムズ・フェニモア・クーパー（James Fenimore Cooper, 1789-1851）の長編小説『モヒカン族の最後』（*The Last of the Mohicans*, 1826）の題材となったことでも知られる。その最高峰はスライド山である。

6 ピーター・ストイフェサント（Peter Stuyvesant, ca.1612-72）は、オランダのニューネーデルラント植民地の最期の総督を務めた人物。

7 クリスティーナ要塞は、一六三八年にスウェーデンのクリスティーナ女王の名にちなんで現在のデラウェア州のウィルミントンに建設された要塞（後のアルテナ要塞）。

8 ジョージ三世（George III, 1738-1820）は、父親である皇太子フレデリック・ルイス（Frederick Louis, 1707-51）が王位継承を果たさずに亡《な》くなったために、祖父のジョージ二世から王位を継いだハノーヴァー家の第三代の国王。その在位は一七六〇年から一八二〇年である。

9 これはヨーロッパ由来の遊戯で、九本の木のピンを的にしてそれを倒す、ボウリングの原型といわれるゲーム。

10 これはファン・エイク、ルーベンスなどの珠玉作品に代表されるオランダ・フランドル絵画のこと。

11 バンカーヒルの戦いは、一七七五年六月十七日に起こった大陸軍とイギリス軍の戦闘。マサチューセッツ州ボストンのチャールズタウン地区にはバンカーヒル記念塔が聳《そび》える。

12 これは十七世紀後半に成立したイギリスの立憲王制の政党だが、アメリカ独立戦争当時の「トーリー」という用語は、イギリス政府に忠誠を誓《ちか》う人々を指した。

13 ストーニーポイントの戦いは、一七七九年七月十五日から十六日にかけて大陸軍とイギリス軍とのあいだで行われたアメリカ独立戦争の戦闘のひとつ。

14 これはニューヨーク州ウエストチェスター郡の北端のハドソン川畔にある丘で、独立戦争の古戦場。

15　フリードリヒ一世（Friedrich I. Barbarossa, 1123-90）は、神聖ローマ帝国の統治者、すなわちホーエンシュタウフェン朝の神聖ローマ皇帝である。彼は「バルバロッサ」（赤髭《ひげ》王）という愛称でも親しまれた。

16　マニトウとは、北米インディアンのアルゴンキン語で精霊を意味する。

スリーピー・ホローの伝説

故ディートリッヒ・ニッカボッカー氏の遺稿より

そこは穏《おだ》やかな微睡《まどろみ》に包まれた場所。
半《なか》ば閉じた目の前で、ゆらゆら揺れる儚《はかな》い夢、
過ぎゆく雲間に浮かぶ燦然《さんぜん》と輝く天空城、
そして、常に夏空に映《は》える雲。[*1]

『無為の城』より

昔のオランダ人の航行者たちがタッパン・ジーと呼んでいたハドソン川の東岸の流域は川幅がひときわ広く、そこを航行する折にはきまって彼らは慎重《しんちょう》に帆《ほ》を引いて絞《しぼ》り込み、守護神セント・ニコラスのご加護をいただけるよう祈ったものである。その東側の岸辺《あた》りで湾状に入り込んだところは広い入り江になっていて、その奥まったところには小さな市場や田舎情緒《じょうちょ》あふれる港があった。そこをグリーンズボロと呼ぶ者もいるが、正式にはタリー・タウンという地名であり、一般的にはその名で知られている。洩《も》れ聞くところによると、どうやらこの地名は、その昔近隣に住む女将《おかみ》さん連中によって付けられたようだ。何でも亭主たちが市の開かれる日になると村の酒場の辺りにたむろして、なかなかそこから離れられないという特異な地域性にちなんだものらしい。そのように言われているが、その真偽のほどは私にもよく分からない。ただ、私としては一応この村のことに言及し、事の経緯を正確に把握して厳正を期したいと思った次第《しだい》である。この村からさして遠くない、二マイルほど離れたところに小高い丘に挟《はさ》まれた小さな渓谷《けいこく》がある。否《いな》、むしろ窪地《くぼち》といった方がふさわしいかも知れない。そこはこの世で最も静かな場所の一つで、渓谷を流れる小川のせせらぎは人を健《すこ》やかな眠りに誘《さそ》う。時折、聞こえてくる鶉《うずら》の鳴き声や啄木鳥《きつつき》が木をつつく音が、せいぜい辺《あた》り一面に張りつめた静寂《せいじゃく》を打ち破《やぶ》るぐらいである。

私がまだ年端《としは》もいかない頃だが、栗鼠《りす》撃ちに興じて初めて手柄《てがら》を立てたことがあった。たしか、それはこの渓谷《けいこく》の片側に鬱蒼《うっそう》と茂っている小高いクルミ林の辺りであったと記憶している。私がその林のなかに分け入ったのは正午頃《しょうご》であったが、そこにはひっそりと静寂に包まれた自然空間が広がっていた。何しろ、私は自分の銃が発する轟音《ごうおん》に驚いたほどである。銃声は日曜日特有の穏《おだ》やかな静けさを打ち破り、怒りにも似た響きとなって長く反響した。もし私が浮世《うきよ》の喧騒《けんそう》から離れ、困苦《こんく》に喘《あえ》いだ人生の晩年を夢見心地で過ごせるような隠棲《いんせい》の地を探し求めるとなれば、この小さな渓谷に優《まさ》るような素晴らしい場所を他には知らない。

この辺りの土地は物憂《ものう》げな静寂に支配されており、初期のオランダ移民の子孫である住民たちが個性豊かで特異な気質《きしつ》の持ち主であったことから、この人里離れた峡谷《きょうこく》は長くスリーピー・ホローという呼び名で親しまれていた。そして、近隣一帯の百姓の小《こ》倅《せがれ》たちは、一様に微睡《スリーピー・ホロー》の窪地の若い衆と呼ばれていたのだ。眠気を誘《さそ》う微睡《まどろ》むような魔力がこの地を包んでおり、それがまさに辺りの空気のなかにも浸透しているようであった。アメリカへの移住がはじまった初期の頃に、ドイツの有名な妖術師《ようじゅつし》がこの地に魔法をかけたからだという者もいれば、あるいはヘンドリック・ハドソン船長*2率いる一行がこの地を発見するより前の話になるが、先住インディアンの預言者とも魔術使いともつかない老酋長《しゅうちょう》が、ここで儀式を執《と》り行ったからだという者もいた。たしかに、この辺りの地には未《いま》だに魔法のような不思議な力が漲《みなぎ》っている。それが善良な住民たちの心にも呪《まじな》いをかけて夢幻の迷宮《めいきゅう》を彷徨《ほうこう》させるのである。それによって、彼らはあらゆる神秘的な事象の虜《とりこ》となり、忘我と幻想の世界にしばし浸《ひた》って興じるのだ。そして、彼らはよく不思議な光景に出くわしたり、虚空《こくう》に響く奇妙な音や声を耳にすることもある。何しろこの土地一帯には多くの伝説が残されていて、ここは幽霊の出没する場所も多いことで知られているのだ。さらに黄昏《たそがれ》どきにまつわる迷信も数々ある。この界隈《かいわい》では、他のどこよりも、夜空を駈け抜ける彗星《すいせい》や輝く流星を多く眺めることができるのだ。ところで、九人のお供を従えた夢魔《むま》もここがお気に入りの場所らしく、愉快に跳躍して戯《たわむ》れ遊び尽《つ》くすというのである。

しかし、魔法をかけられたこの地域に出没する幽霊の首領で、時空を支配する軍勢《ぐんぜい》の総指揮官と思われるのは、首のない騎士の亡霊である。何でも、これはドイツのヘッセ騎兵（イギリス政府に雇われたドイツ傭兵《ようへい》）の亡霊であり、独立戦争当時、どこかの名もない小さな武力衝突の最中に大砲の弾《たま》をもろに食らって頭を吹き飛ばされたらしい。時折、ヘッセ騎兵の亡霊は村の人たちによって目撃されることがあるが、それはあたかも風の翼に乗っているかのように漆黒《しっこく》の夜を疾走《しっそう》するというのだ。この亡霊が出没する場所は渓谷《けいこく》に限られているわけではない。ときには近隣の道端《みちばた》で目撃されることもある。だがどこよりも多くその姿が目撃されるのは、ここからさほど遠くない教会附近である。実際にも、近隣で最も信頼できる歴史家たちは、この亡霊に関する噂話をたくさん蒐集《しゅうしゅう》し、それらを照合するなどして精査したことがあるそうだ。その上で彼らが断言するところによると、この騎兵の亡骸《なきがら》は教会の墓地に埋葬されていたのだが、その亡霊は夜ごとに失った自分の頭部を探し求め、あの戦場に馬を駆り立てるのだという。ときどき、亡霊が真夜中に疾風《しっぷう》のようにこの窪地《くぼち》を急いで駆け抜けてゆくのは、帰りが遅れたので夜明け前に教会の墓場へ戻ろうとしているからだというのだ。

以上述べたことが、この伝説的な迷信の大まかな内容である。これが素材となって幽霊が出没すると言われるこの地方には、たくさんの突飛で不思議な物語が誕生した。それ以来、この亡霊はどこの家の炉辺《ろばた》でも「スリーピー・ホローの首なし騎士の亡霊」という名前で知られるようになったのである。

ここで特筆しておきたいのだが、先に述べたような幻想的な世界に引き込まれてゆく傾向は、この渓谷付近で生まれ育った地元の人たちだけに見られる特異なものではなく、しばらくすると、そこに住む人たちにも知らず知らずのうちに及んでいると思う。人はこの微睡《まどろ》む窪地に入り込む前に、どんなにしっかり目を覚《さ》ましていたとしても、まもなくして、必ず辺《あた》りに浮遊する魔力を吸い込んでしまい、やがていろんな空想をめぐらしたり、あるいは夢を見たり、はたまた亡霊を見たりするようになるのだ。

私はこの長閑《のどか》で平穏《へいおん》な場所に満腔《まんこう》の称賛を惜《お》しまない。この場所は大ニューヨークの懐《ふところ》に抱かれて、そこかしこにオランダ人が居住する奥まった静謐《せいひつ》な渓谷のなかに位置しており、ここに住む人たちの暮らしぶりや風俗風習は、今も変わらないままなのだ。動きを止めることを知らないアメリカの他の地域では、大量の移民流入と改革を伴う大きな潮流が入り込んで刻々と変化を遂《と》げているが、こうした大きな流れもこの渓谷《けいこく》には察知されることなく、ゆっくりと時が流れ去ってゆく。そこは激しい渓流《けいりゅう》の傍《かたわら》に静かにたゆたう小さな水の溜まり場のようなところなので、脇を流れる逆巻《さかま》く激流に乱されることもなく、藁屑《わらくず》や泡が寂《さび》しく浮かんでいたりして、どこか港のような場所で緩《ゆる》やかに渦巻《うずま》いているかのような風情《ふぜい》が醸《かも》し出されている。私がスリーピー・ホローの微睡《まどろ》むような森陰《もりかげ》の中に分け入って彷徨《ほうこう》したときから幾年も過ぎたが、今でもやはり当時を偲《しの》ばせる木々が鬱蒼《うっそう》と茂っており、もしや、あの当時の人たちがその奥まったところで単調な日常の営《いとな》みをのんびりと続けているのではないだろうか、と思いたくなるほどだ。

今から三十年ほど前、いわばこの自然界の片隅《かたすみ》でアメリカの歴史がはじまった頃に、イカボッド・クレインという名前の傑物《けつぶつ》が、近隣の子供たちに勉強を教えるためスリーピー・ホローの地に仮住まいをしていた。否《いな》、彼に言わせると、「あてもなくぶらついていた」ということになる。イカボッド・クレインはコネチカット州の出身であった。ちなみに、コネチカット州は森林の開拓者に留《とど》まらず、学校の教師も輩出し、毎年数多くの木こりを辺境の地に送り出すとともに、たくさんの教師を田舎にも派遣していたのである。ところで、クレイン（鶴の意）という名前は、その風貌《ふうぼう》にじつに似《に》つかわしかった。たしかに、この人物は背が高いが、極端に細身の体型で肩幅は狭く、さらに腕も脚もスラリとして長い。袖口《そでぐち》からは両腕が一マイルもはみ出していたし、足はシャベルとしても使えそうな面白い形をしていた。つまり、身体全体がひどくだらしなくて締まりがないのだ。頭は小さく、その天辺《てっぺん》は平らで、しかも耳は異様なまでに大きい。また、目も緑色で一段と大きく、シギの嘴《くちばし》のような長い鼻を持ったその特徴的な容貌を眺めていると、まるで風見鶏《かざみどり》が細長い首の上に止まって風向《かざむき》を告げているかのように思えた。風の強く吹く日に、彼が丘の上を背広をバタバタと靡《なび》かせながら大股で歩く姿を見ていると、貧乏神が地上に降りてきたのか、はたまた案山子《かかし》がトウモロコシ畑から逃げ出してきたかと目を疑いたくなるほど奇異な様子である。

イカボッド・クレインが教鞭《きょうべん》を執《と》っていた校舎は低い建物で、そこには粗末な丸太造りの大きな教室が一つあるだけであった。窓の一部はガラス張りであったが、古い帳面を剥《は》ぎ合わせたものもあった。彼の極めて巧妙なところは、校舎で授業のないときには、しなやかな蔓《つた》の紐《ひも》で戸口の取っ手をしっかりと括《くく》りつけ、窓の鎧戸《よろいど》にも留め金を取りつけていたことだ。それゆえ泥棒が容易に校舎に侵入できたとしても、逃げ出すとなると思いのほか難渋《なんじゅう》することになる。この奇抜な思いつきは、おそらく大工のヨースト・ヴァン・ホーテンが考案したウナギ取りの仕掛けから拝借したものだろう。校舎は微《かす》かに寂寥感《せきりょうかん》が漂《ただよ》うものの、とにかく快適な場所に建っていた。木々が鬱蒼《うっそう》と茂る丘の麓《ふもと》の近くを小川が流れ、その片端《かたはし》には大きな樺《かば》の木が聳《そび》えていた。微睡《まどろ》むような夏の日などには、校舎から生徒たちがせっせと勉強に励《はげ》んでいるのか、ぶつぶつと呟《つぶや》くような低い声が聞こえてきた。それはブンブンいうミツバチの羽音のようにも聞こえたのだが、ときどきその声は途切れて、今度はイカボッド・クレイン先生の叱《しか》っているのか、命令しているのか、いずれか判然としない厳しい調子の声が聞こえてきた。そして、ときには、学校の授業に身の入らぬ不真面目な生徒を叱咤激励《しったげきれい》するために使う鞭《むち》の音も聞こえた。実際の彼はじつに誠実で、常に「鞭を惜《お》しむと子供は駄目《だめ》になる」という言葉を心の奥深くに秘めて教鞭《きょうべん》を執《と》っていたのである。なるほど、イカボッド・クレインの生徒たちは、それほど甘やかされてはいなかった。

しかし、だからといって、彼が生徒たちに苦痛を与えて喜ぶような残忍な仕打ちをす

る権力者の類《たぐい》であるとは思わないでいただきたい。それどころか、その教育方針は単に厳格な方法で生徒を処罰することではなく、生徒の資質をしっかり見極めながら適切に対応していたのである。すなわち、弱者の負担は強者に肩代わりしてもらうこともある。たとえば、気弱な生徒が鞭をちょっと振り上げられただけでも尻込みして萎縮《いしゅく》するとなれば、大目に見てそれだ

けで許した。だが、鞭《むち》を当てられると、忌々《いまいま》しげに渋《しぶ》っ面を浮かべ、しかも片意地《かたいじ》を張るような素振りを見せる、そのようなだぶついたズボンを穿《は》いたオランダ人の丈夫そうな腕白小僧《わんぱくこぞう》などは、たっぷり二人分のお仕置きを受ける羽目《はめ》になるのだ。これらすべてに及んで、彼は「生徒たちの親御《おやご》さんに対して自らの責務を果たしている」と言って憚《はばか》らない。叱《しか》られて鞭打たれる腕白小僧にしてみれば、さぞかしありがた迷惑なことであったろうが、彼は生徒を叱りつけた後に必ず、「君は生涯にわたって、このことを思い出すたびに私に感謝することだろう」と語って聞かせていたのである。

学校の授業が終わると、イカボッド・クレインは年長の生徒の友だちとなったり、あるいは遊び相手ともなった。また休みの日の午後などには、彼は年少の生徒を家まで送って行ったりするのだが、そこでたまたまその子の美しい姉に出会ったり、あるいは美味《おい》しい料理を作ることで評判の心優しい母親がいたりすることもあるのだ。したがって、彼が生徒たちと良好な関係を保たなければならなかったのは言うまでもない。何しろ、学校の給料は安いし、それだけでは日々の糧《かて》を得るには心許《こころもと》なかったのだ。というのは、彼は細身の身体に似合わず、なかなかの健啖家《けんたんか》でアナコンダのような驚異の胃袋の持ち主であったからである。ところが、彼は生活費を賄《まかな》うために、この辺《あた》りの田舎の風習に従い、教え子たちのいる農家の各家々を転々とする生活を送って、何とか空腹を満たすことができたのである。彼はそれぞれの農家に一週間ずつお世話になり、そのときにはありったけの持ち物を掻《か》き集めて、木綿《もめん》のハンカチに包んで訪れるのであった。

やがて、こういったことすべてがイカボッド・クレインを支援する田舎の人たちにとっては耐え難い負担となってくると、彼らは子供を学校に通《かよ》わせることは、金銭面でも何かと出費がかさむものだと考えるようになったり、教師などは所詮《しょせん》、穀潰《ごくつぶ》しに過ぎないと愚痴《ぐち》を零《こぼ》しがちになるものだから、それではよろしくないと思い、彼はせっせと手伝い仕事をしながら、皆に気に入ってもらえるように精進《しょうじん》したのである。時折ではあったが、彼は農家の人たちに手を貸して簡単な畑仕事に精を出した。たとえば乾草《ほしくさ》作りに励《はげ》んだり、垣根を直したり、馬たちに水を与えるために連れ出したり、牝牛《めうし》を放牧地から牛舎に連れ帰ろうと駆り立てたり、あるいは冬に暖炉で燃やす木を切ったりして手伝いに勤《いそ》しんだ。しかも、彼は学校という小さな帝国に君臨しているときの威圧的な態度や絶対的な支配権の一切《いっさい》をかなぐり捨てて、驚くほどやさしく振舞い、周囲の人たち

には愛想よく振舞ったのだ。彼は概して子供たちに親しく接したが、とくに小さい子供たちに目をかけて可愛《かわい》がるものだから、母親たちからは格別の好意を寄せられていたし、その光景には、その昔、猛々《たけだけ》しいライオンが寛大な心を持って羊を抱いているような趣《おもむき》が漂《ただよ》っていた。彼はよく子供を膝《ひざ》の上に何時間も辛抱《しんぼう》強く乗せ、足で揺りかごを揺らすような形であやしていたもので

ある。

その他の仕事に加えて、彼は近隣では歌の先生でもあり、若い連中に讃美歌の詠唱法を教えてはぴかぴかのシリング銀貨をたくさん稼《かせ》いでいた。日曜日などには、選《え》りぬきのメンバーが集結した聖歌隊を教会の桟敷《さじき》の正面に配置して合唱することで、その虚栄心を少なからず満たしていたのである。そこに立つと、彼は牧師から完全にその栄誉を奪い取ったような気分になった。たしかに、彼の声は他の誰よりもきわだって高らかに響いていた。今でも教会内から妙に震《ふる》えた声が聞こえてくるが、日曜日の朝などの静かなときは、半マイルも離れた水車用の貯水池の反対側にまで届くことがあった。その声は紛《まぎ》れもなくイカボッド・クレインの鼻を通して反響する歌声であった。かくして、あらゆる手練手管《てれんてくだ》の限りを尽《つ》くし、「どんな手段を講じても、生きるためにできることであれば、何でもする」という巧妙なやり口で、この立派な教育者の暮し向きは上々であった。だが、頭脳労働とは縁遠い人たちからは、この上もなく幸せに安楽な暮らしを送っている人物だと思われていたのである。

だいたい、この辺《あた》りの田舎のご婦人たちからすれば、教師と呼ばれる人たちは一角《ひとかど》の人士《じんし》として尊敬される存在なのだ。すなわち、近隣では有閑紳士《ゆうかんしんし》然とした風体《ふうてい》の人物として持て囃《はや》されて、およそ田舎の無頼《ぶらい》の男たちと比べれば、遥《はる》かに優《すぐ》れた趣味や特技を持っているものと見做《みな》されていたからである。そして実際のところ、ただ学識の面では牧師には及ばないのだろうと思われていたが。そのようなこともあって、この教師が農家に姿を見せると、ちょっとしたざわめきが起こり、たとえばお茶の時間を楽しむテーブルにはケーキや菓子などの甘いものが思いもよらず加わったり、たまに銀器のティーポットが珍しく披露《ひろう》されることもある。そういうわけで、われらがイカボッド・クレイン大先生も田舎のお嬢さんたちには大いに持て囃されていたのだ。日曜日の教会での礼拝の合間、彼はそこに居合わせた娘たちに囲まれて、どれほどひとり異彩を放っていたことだろうか。彼は周囲の木々の枝にたわわに実《みの》った山葡萄《やまぶどう》を彼女らのために採《と》ってあげたり、墓碑銘《ぼひめい》を全部暗唱して娘たちをいたく喜ばせたり、あるいは彼女たち全員を案内して、近隣の水車用の貯水池の堤《つつみ》を散策したりして楽しんだ。他方、田舎のはにかみ屋連中は尻込みしてしまい、イカボッド・クレインの優雅で如才《じょさい》ない応対を目《ま》の当たりにして羨《うらや》ましく思うばかりであった。

半《なか》ば行脚《あんぎゃ》の旅のような生活を送っていたこともあり、さしずめイカボッド・クレインは足の生《は》えた新聞といったところだろうか。あちこちで耳にする噂話を蒐集《しゅうしゅう》しては、家から家へと伝え歩いていたのである。それゆえ、イカボッド・クレインが姿を現すと、きまってどの家も歓迎したものだ。その上、ご婦人たちからはかなりの博識を有する人士として尊敬を集めていた。というのは、彼は何冊かの本を読破していただけでなく偉大な思想家であるコットン・マザー*3の名著『ニューイングランド魔術史』に完璧なまでに精通していたのだ。ちなみに、彼はこの書物に絶大なる信頼を寄せていたのである。

じつのところ、イカボッド・クレインの性格には、いくぶん抜け目なく立ち回る要領のよさと、物事を簡単に信じやすいところが妙に入り交《ま》じっていた。また、好奇心は人一倍強く、その内容を咀嚼《そしゃく》する能力も等しく尋常《じんじょう》ではなかった。しかも、こうした特性はこの不思議な魔力に包まれた土地に住みだしてからいっそう強くなった。彼はどんなにくだらない話でも、あるいは恐ろしい話でも、あっさり呑《の》み込んでしまうほどの健啖《けんたん》家《か》であったのだ。放課後などには、校舎のそばをさらさらと微《かす》かに音を立てて流れる小川のほとりに足を運び、そこに敷《し》きつめられたたくさんのクローバーの上で、存分に身体を伸ばして寝そべり、例のコットン・マザーの怖い本を読み耽《ふけ》ることが彼の楽しみの一つであった。何しろ夕闇が迫り薄暗くなってきて本の文字が翳《かす》んで見えにくくなるまで読んでいるのだ。それからやっと帰途につくのである。途中の沼地や小川を通り過ぎ、恐ろしい森を抜けて、たまたまその日に泊まりこんでいる農家に向かうのだが、妖怪《ようかい》が出没しそうな時刻には、自然の醸《かも》し出す音はすべて彼の興奮した想像力をかき立てたのである。それらは丘の斜面から聞こえてくるヨタカの甲高《かんだか》い鳴き声、嵐の前触れを暗示する雨蛙《あまがえる》の不吉な鳴き声、梟《ふくろう》のホーホーという寂《さび》しい鳴き声、突然驚いて巣から飛び出した鳥が藪《やぶ》のなかを掻《か》き分ける音などである。暗闇ではひときわ鮮《あざ》やかな光を放つ蛍《ほたる》だが、時折、そのなかでも桁《けた》違いに艶《つや》やかな光を放《はな》つ蛍が行く手を横切るものだから、このときばかりは彼をかなり驚かせた。そんな折に、何かの偶然により間の抜けた大きなカブトムシが、まごついた様子で飛んできて彼にぶつかりでもしようものなら、哀《あわ》れなイカボッド・クレインは魔女の呪《のろ》いにでもかかってしまったのだと勝手に早合点《はやがてん》してしまい、危《あや》うく命を落としそうになるほどだ。このような状況に陥《おちい》った場合に、気を紛《まぎ》らわして邪気や悪霊を払い除く唯一の方法は、讃美歌を歌うことであった。だから、スリーピー・ホローに住む善良な人々は、夕暮れどきに家の戸口の辺《あた》りで腰を下《お》ろしていると、彼の鼻声で歌う「長く甘美に繋《つな》いで」*4という旋律が、しばしば遥《はる》か丘を越えて暗闇の路《みち》から流れてくるのを畏《おそ》れ慄《おのの》きながら聞く羽目《はめ》になる。

もう一つ、彼が怖がりながらも楽しみにしていたことは、冬の夜長を年老いたオランダ人の女将《おかみ》さん連中と一緒に過ごし、炉辺《ろばた》に並べた林檎《りんご》の焼ける音を耳にして、そのそばで彼女たちが糸を紡《つむ》ぎながら語って聞かせてくれる幽霊や妖精《ようせい》、そして幽霊の出没する野原、小川、橋、屋敷、ことに「首なし騎士」、つまり彼女たちがときどきそう呼ぶ「スリーピー・ホローの早駆けヘッセ人」についての話だが、そういった不思議な話の数々を聞くことであった。彼も同じように、以前コネチカット州で流布された魔術の話、空中に浮遊する恐ろしい前兆、そして異様な光景と不吉な音などの話を聞かせて彼女らを殊《こと》のほか喜ばせた。また彗星《すいせい》や流星に関して独自の推論を展開したり、あるいは地球は紛《まぎ》れもなく自転しているので、彼女たちも一日の半分は逆様《さかさま》の状態で生活しているのだと、いきなり突飛《とっぴ》な話をして、ひどく驚嘆《きょうたん》させたものだ。

しかし、パチパチと音を立てながら燃える焚《た》き火《び》の赤くきらめく火花を背にして、幽霊など顔を覗《のぞ》かせるはずもないような炉辺《ろばた》の部屋で心地よく身を寄せ合って相手の話を聞くのに夢中になっているうちはいいのだが、その後に帰路につくときの恐怖といったらなかった。雪の夜の霞《かす》む光のなかで、どこか空恐ろしいような不思議な物影が彼の前に立ちはだかったのである。荒れ野原の遥《はる》か彼方《かなた》にある家の窓から洩《も》れてちらつく光を見て、彼は何とも言えず侘《わび》しい気持ちになった。雪を被《かぶ》った灌木《かんぼく》が、まるで白麻の薄布を羽織《はお》った幽霊のように不気味な姿を呈《てい》して行く手を立ち塞《ふさ》ぐものだから、彼は幾度となく度肝《どぎも》を抜かれた。また、イカボッド・クレインは凍《い》てついた地面を打って響く自分の足音にさえ驚いて思わず立ちすくんでしまったり、後ろを振り返れば何か異様なものが後をつけてきているのではないかと疑《ぎ》心暗鬼《しんあんき》に陥《おちい》り、ひどく恐ろしい気分になってしまうのだ。木々のあいだを一陣の風が吹き抜ければ、「早駆けヘッセ人」が毎夜毎夜の如《ごと》く、この辺《あた》りを彷徨《ほうこう》しているのではないかと思いこんでしまい、すっかり動揺してしまうのである。

しかし、これらすべての出来事は漆黒《しっこく》の夜の恐怖に過ぎなくて、あくまでも暗闇を跋《ばっ》扈《こ》する心の妄想であった。彼はこれまでに多くの幽霊に出会い、またひとりで散歩している折には、様々な姿をした悪魔に一度ならず悩まされたこともあったが、昼の陽射しによって、これらすべての闇の悪魔は退散してしまったのだ。もしも、幽霊や妖怪《ようかい》、そしてすべての魔女をひと束《たば》に集めたよりも、さらに人間を悩ます一つの存在が行く道を遮《さえぎ》らなければ、たとえ悪魔がそこにいてどんな仕業《しわざ》をやらかしたとしても、イカボッド・クレインは満ち足りた楽しい人生を謳歌《おうか》したことだろう。その存在とはひとりの女性であった。

週一度集まってイカボッド・クレインによる讃美歌の指導が夜に開かれていたが、その生徒のなかにカトリナ・ヴァン・タッセルという名のオランダ人の裕福な農家の一人娘がいた。彼女は花も恥じらう十八歳の乙女であった。彼女の体型は鶉《うずら》のようにふくよかで、頬《ほお》は父親が作った桃のように熟してうっすらと紅色《べにいろ》に染まり、ただ単に見栄《みば》えが美しいというだけではなく、莫大な遺産の相続人としても近隣で広く知られる存在であった。身にまとっているものを見れば分かるように、彼女は妖艶《ようえん》なところもいくぶん見受けられる女性なのだ。カトリナの服装は古風な感じを醸《かも》しつつ最新の流行を取り入れたもので、彼女の魅力をよりいっそう引き立たせていた。さらに祖母の祖母がオランダのザールダムから持ち込んだと言われる純金製の装飾品も身に着けていた。かつて流行したストマッカーと呼ばれる小粋《こいき》な胸飾りで胸もとを飾り、何とも刺激的な短いペチコートを穿《は》いて、この界隈《かいわい》きっての綺麗《きれい》な足と踝《くるぶし》を惜《お》しげもなく晒《さら》していたのである。

イカボッド・クレインは、女性に対してとてもやさしく、愚《おろ》かしいほど情に脆《もろ》いところがあったので、これほど魅力的なカトリナがこの男の心を捉《とら》えないはずがなく、とくに彼が彼女の実家を訪《たず》ねてから、その気持ちがさらに強まったとしても不思議ではない。ところで、老父のバルタス・ヴァン・タッセルは裕福で恵まれており何不自由のない生活を送っている、とても物腰の柔《やわ》らかいおっとりした性格の持ち主で、まさしく完璧な農夫の典型であった。なるほどもっともな話だが、彼は自分の農場の敷地以外の諸事に関してはまったく目もくれず、深く考えようともしなかった。にもかかわらず、この農場ではすべてがきちんと整い、快適な状態に保たれていたのだ。この老人は自分が裕福な暮らしをしていることに満足していたが、それをひけらかすことはけっしてしなかったし、ましてや莫大な資産を誇《ほこ》っていることを得意げに披歴《ひれき》するような真似《まね》もしなかった。彼の本拠地はハドソン川の岸辺近くのオランダ人農民たちがこぞって住みたがるような緑に囲まれた閑静《かんせい》な奥地にあり、いささか地味ながらも肥沃《ひよく》な土地であった。大きなニレの木が、その邸宅を覆《おお》い隠すかのように広範囲にその枝々を広げていた。ニレの木の根元には樽のような形をした小さな井戸があって、そこからは驚くほど甘美《かんび》で文句なく美味《おい》しい水が湧《わ》き出ており、それがキラキラと輝きながら牧草地を抜けて近くの小川に注《そそ》いでいた。この小川は落葉高木のハンノキや低い柳《やなぎ》の木のあいだを縫《ぬ》って、白い泡を盛《さか》んに立たせながら流れていた。この農家の母屋《おもや》のすぐ近くに広い納屋《なや》があったが、それは教会としても使えるくらい立派なものであった。納屋《なや》のいずれの窓からも、あるいは隙間《すきま》からも農場の収穫物が零《こぼ》れ出そうであったが、そのなかでは穀物を打つ竿《さお》の音が昼夜を問わず忙《せわ》しげに響いていた。ツバメが囀《さえず》りながら納屋の軒先《のきさき》をそっとかすめて飛んだ。屋根の上には鳩が列をなして止まっており、そのなかには片目を開けて上目遣《うわめづか》いで空模様を観察しているような鳩もいれば、頭を翼の下に隠したり、胸に顔を埋めたり、あるいは雌の周《まわ》りで体を膨《ふく》らまし、盛んに首を動かしてクークーと鳴きながら日光浴を楽しんでいる鳩もいた。広々とゆったりした檻《おり》のなかでは艶《つや》のあるよく肥《こ》えた豚がブイブイと鳴いていて、乳離れ前の子豚たちの一群が外の空気を嗅《か》ぎ分けるかのように檻《おり》から飛び出てくることもあった。雪のように白いガチョウたちは堂々たる艦隊を組織して、カモの全艦隊を護衛しながら近くの池の水面《みなも》に浮かんで揺れていた。七面鳥の群れから成る連隊が農家の中庭でゴロゴロと鳴いていたのだが、ホロホロ鳥はその鳴き声に神経を逆撫《さかな》でされて、まるでご機嫌が良くない女将《おかみ》さん連中のように気難《きむずか》しげに大きな鳴き声で不平を洩《も》らしていた。納屋《なや》の戸口の前では、勇《いさ》ましい面構《つらがま》えの雄鶏《おんどり》が気取って闊歩《かっぽ》していたが、それは一家の亭主、勇士、あるいは立派な紳士のそれに似《に》ていた。雄鶏は輝かしい翼を羽ばたかせて、心底から誇《ほこ》らしげに、そして楽しげに鳴きながら、ときとして地面を足で引っかいて歩き、いつも空腹を抱えている女房と子供たちを呼び寄せて、自分の見つけた美味《おい》しそうな食べ物を気前よく振舞ってやるのだった。

イカボッド・クレイン先生は、このような様子を眺《なが》めながら涎《よだれ》を垂《た》らし、この分だと今年は贅沢《ぜいたく》な冬が過ごせそうだと思った。彼は貪欲《どんよく》な想像を膨《ふく》らませ、丸焼き用の豚のすべてがプディングで腸詰され、口には林檎《りんご》を押し込んで這《は》いずり回っている情景を思い描いた。鳩は美味《おい》しそうなパイ皮に包まれて気持ちよさそうに寝かされ、ガチョウは自らの体から滴《したた》り落ちた肉汁《にくじゅう》のなかを泳いでいるのだ。二羽のカモは幸せな夫婦にも例えられる如《ごと》く、玉ねぎのソースをたっぷりとかけられて盛り皿に心地よく寄り添い並んでいた。食用の豚といえば、いずれは滑《なめ》らかなベーコンになるその脂《あぶら》ぎった脇腹肉が切り出されているように思えて、容易に肉汁の多い風味《ふうみ》豊かなハムを想像することができた。七面鳥についても同様で、砂嚢《さのう》を羽の下に隠して美味《おい》しそうに串に刺さり、どこか香《こう》ばしい風味《ふうみ》を放《はな》つソーセージの首飾りを身に着けているように思われた。それから、あの聡明《そうめい》な雄鶏《おんどり》さえも仰向《あおむ》けにひっくり返って添え皿の上に身を投げ出したような姿で載《の》り、しかもその蹴爪《けづめ》を高く上げ、あたかも存命中は騎士道精神が邪魔をして、到底成し得なかった命乞《いのちご》いをしているかのような様相《ようそう》を呈《てい》していたのだ。

至福《しふく》の恍惚感《こうこつかん》に包まれたイカボッド・クレインは、このような空想をめぐらせて楽しみながら大きな緑色の目をくるくると動かし、豊かに広がる牧草地、豊饒《ほうじょう》な小麦畑、ライ麦畑、蕎麦《そば》畑、トウモロコシ畑、そして赤い果実が枝もたわわに実《みの》った果樹園を眺めていたが、こうした環境のなかにヴァン・タッセルの温《ぬく》もりを感じさせる屋敷はあったのだ。彼は、この領地を将来譲《ゆず》り受けることになる乙女《おとめ》のカトリナに恋心を抱くようになっていた。これらの地所を即座に始末して現金に換《か》えれば、その資金を広大な未開発地の開墾に投資し、荒野に板葺《いたぶき》の大屋敷を建てることができるのではないかと、彼の逞《たく》しい想像力は膨《ふく》らむ一方だった。否《いな》、むしろ、彼は性急に想像を働かせるうちに、そうしたことはすでに叶《かな》えられていたのではないだろうか。そして、いろんな家財道具を荷車にいっぱい積み上げ、下の方にはポットやバケツをぶら下げて、その上に美しいカトリナとたくさんの子供たちを乗せた馬車が跑足《だくあし》で進む情景を、勝手気ままに心のなかで思い描いていたのである。かたやイカボッド・クレイン本人は仔馬を一頭従えながら雌馬に颯爽《さっそう》と跨《また》がり、ケンタッキーかテネシー、あるいはどこことも知れぬ土地へ旅立とうとする自分の姿を想像していたのだ。

さて、その家に入ると、彼の心はまたたくまに完璧に征服されてしまった。それは広々とした農家で、棟《むね》は高いが屋根は緩《ゆる》やかに傾斜しており、まさに初期のオランダ入植移民によって伝えられた建築様式であった。軒《のき》が低く突き出しているので正面にベランダが造られ、悪天候のときには閉められるようになっていて、その下には、殻竿《からざお》、馬具、各種の農具、そして近くの川で魚を捕《と》るための網《あみ》が掛っていた。夏に使用するベンチがベランダの両端に並んでおり、片方の端側《はしがわ》には大きな紡《つむ》ぎ車《ぐるま》が置かれ、もう一方にはバター製造機が置かれていたが、なるほどこれだけ多目的に使用されているならば、このベランダは重要な役割を果たしているに相違ないと思われた。こうした様子にすっかり魅了《みりょう》されたイカボッド・クレインがベランダから広間に入ると、そこはこの邸宅の中心部で、いつもは居間《いま》として使われているところだった。この部屋には目も眩《くら》むばかりの高級感漂《ただよ》うピューター製の食器類があり、それらが長い食器棚に列をなして並んでいた。部屋の一角《いっかく》には紡ぐばかりになっている羊毛の入った大袋が置かれていて、他方の隅《すみ》には機織《はたお》り機から生み出されたばかりのリンネルと毛の交《ま》ぜ織《お》り物《もの》が山のように積まれていた。トウモロコシの穂や紐《ひも》で括《くく》って干《ほ》した林檎《りんご》や桃は、けばけばしい真っ赤な唐辛子《とうがらし》と入り混《ま》じって花飾りのように壁に沿って吊《つる》るしてあった。この部屋の扉の一つが開け放《はな》たれていたので、そこから部屋のなかをそっと覗《のぞ》くと、豪華な造りの上等な室内といろんな品々が目に飛び込んできた。まずオランダ風の椅子《いす》や磨《みが》かれて鏡のように輝いている黒いマホガニーの華奢《きゃしゃ》なテーブルが置かれているのが彼の目に映《うつ》った。そして、炉辺《ろばた》の薪《まき》置き台は、シャベルや火箸《ひばし》と一緒に、アスパラガスの簇葉《むらは》の陰で光を放《はな》っていた。バイカウツギと巻貝とが炉辺《ろばた》の棚を飾り、その上には様々な色合いの鳥の卵を重ね合わせ紐《ひも》で縛って下げてあったが、一つの大きなダチョウの卵は部屋のど真ん中に吊《つ》り下がっていた。部屋の隅《すみ》に置かれた食器棚の扉はわざと開けられていたのか、そこには古い銀食器や手入れの行き届いた陶器などの夥《おびただ》しい貴重品が目立つように陳列されていた。

イカボッド・クレインがこの素晴らしい光景を見た瞬間、彼の心の平安はすっかり失われてしまった。そして、彼はいかにしてあの唯一無比の魅力を秘めたカトリナ・ヴァン・タッセルの愛情を勝ち得るかに腐心《ふしん》したのである。しかし、この企《くわだ》てを成就《じょうじゅ》させることは、昔からよく知られた遍歴の騎士が遭遇《そうぐう》したどんな試練よりも難しい局面に立ち向かわなければならなかったのだ。昔の遍歴騎士たちは、巨人とか魔法使いとか、あるいは火を吹く龍とか、そういった類《たぐい》のどうにかすれば退治《たいじ》できそうな怪物たちと闘えばよかったし、鉄の門や真鍮《しんちゅう》の門をくぐり、堅牢《けんろう》な障壁を越えて意中の女性が幽閉《ゆうへい》されている城の内に入り込めば、それで万事うまくいったものだ。この程度のことは、いわばクリスマス用のパイを真ん中まで切り込むようなもので容易《たやす》い。そして最後には女性が騎士の求婚を受け入れたことは言わずもがなだ。ところがイカボッド・クレインの場合はこれとは異なっていた。どうにかして、彼はこの艶《なま》めかしい田舎娘の心を射止めなければならなかったのだが、その彼女ときたら、絶えず次から次へと押し寄せる恋の困難と障害が渦巻く、気まぐれと移り気という迷路に取り囲まれていたのである。しかも、彼が出くわさなければならない恐ろしい相手は血肉を有する人間、すなわちカトリナを賛美する近隣の多くの男たちであったのだ。こうした男たちは彼女の心に入り込もうとするすべての入り口を封鎖して、お互いが怒りを込めたように警戒した視線を向けあっているのだが、ひとたび新たな恋敵《こいがたき》が現れようものならば、共通の目的のために一致結束して新参者《しんざんもの》を攻撃するのである。

こういう連中のなかで最も手ごわい人物と言えば、それはがっしりした体格で、やたらと怒号《どごう》を飛ばしたり、相手かまわず威張《いば》り散らす横柄《おうへい》なエイブラハムという武骨《ぶこつ》な男であったが、近隣ではオランダ流の呼び名、すなわちブロム・ヴァン・ブラントという名前で通用していた。彼はこの界隈《かいわい》では英雄視されるような存在であり、その逞《たくま》しい剛腕で知られていた。肩幅は広く、しなやかな身体の持ち主で、黒髪は短く縮《ちぢ》れていた。彼の性格は無愛想《ぶあいそう》でぶっきらぼうだが、その表情には不快感を抱かせるようなところは少しもなく、滑稽さと傲慢《ごうまん》さが同居しているような風貌《ふうぼう》をしていた。ヘラクレスのような体格と強靭《きょうじん》な腕力ゆえに、彼はブロム・ボーンズ（骨太のブロムの意）という愛称で広く親しまれていたのだ。馬術に関する知識が豊富で、しかもその腕前も相当なものであることは周知の事実であった。馬の御《ぎょ》し方は、さながら馬術の民、タタール人のように巧みであり、またどんなレースや闘鶏《とうけい》に参加しても、きまって一番であったし、こうした田舎生活においては万事において腕力が物をいうものだが、彼はそれを武器にして、あらゆる競《きそ》い事に自ら審判役を買って出るなり、帽子を斜めに被《かぶ》り、いかなる反対も訴えも退《しりぞ》けるような強引な態度を取り、語気を荒げて判定を下した。三度の飯より喧嘩《けんか》や騒動が大好きであったが、人間的には悪気《わるぎ》のない、悪戯《いたずら》好きな人物であった。彼はたしかに尊大で放蕩無頼《ほうとうぶらい》な男であったが、心の奥底にはじつにひょうきんで愛嬌《あいきょう》に満ちた要素を秘めた人物なのだ。ブロム・ボーンズには腹心の友と呼ぶべき二、三人の仲間がいたが、いずれも彼を親分的な存在として敬愛していた。こうした連中の先頭に立って、彼は周囲数マイルにわたって闊歩《かっぽ》し、喧嘩や愉快な娯楽で盛り上がっているところであれば、場所を問わずに姿を現すのであった。寒いときには、キツネの尻尾が付いた毛皮の帽子を被っているので、すぐに彼だと見分けがついた。それもあってか、田舎の連中が何かの会合で集まっているときに、遠方の騎馬兵の一隊のなかに揺れ動いている例のキツネの尻尾が目に映《うつ》った瞬間、彼らはいつも嵐のような騒動に備えたものである。ときどきではあったが、彼の率《ひき》いる一味《いちみ》が真夜中にまるでロシア帝国のドン・コサック軍のようにワーワーと奇声をあげながら農家の家並に沿って、一気に駆け抜けていくようなこともあった。そんなとき、この騒動に驚いて目を覚《さ》ました老婆たちは、しばらく聞き耳を立てているのだが、一隊がそばを通り過ぎると大声で叫んだ。「おやおや、ブロム・ボーンズと、その一味だよ」。近隣の人たちは畏怖《いふ》と賛美と好意が入り混じったような妙な感情を抱きながら彼を眺《なが》めていたのだ。この近隣で、途轍《とてつ》もない馬鹿騒ぎや粗暴な喧嘩沙汰《ざた》が起きれば、彼らはいつも頭を振って、その陰にはブロム・ボーンズの存在があるに相違ないと明言するのであった。

この野蛮な英雄は、しばらく前からあの麗《うるわ》しいカトリナを武骨《ぶこつ》な自分の恋の相手として見做《みな》していたのだ。彼の恋の戯《たわむ》れは、どこか熊がじゃれたり、愛情を示したりするときの仕草《しぐさ》に似《に》ていたが、洩《も》れ伝わるところによると、どうやら彼女は彼の願いをいとも無残に打ち砕《くだ》くような真似《まね》はしなかったようだ。実際のところ、ブロム・ボーンズが名乗りを上げたということは、とりもなおさず他の恋敵《こいがたき》は早々に退散せよという合図であった。無論、彼らとて鎧《よろい》をまとったライオンの恋路《こいじ》を邪魔するような野暮《やぼ》なことは考えなかった。このような事情なので、日曜日の夜などにヴァン・タッセル家の柵《さく》に馬が繋《つな》がっていれば、その騎手は言わずと知れたブロム・ボーンズであり、彼が家のなかでカトリナに言葉巧みにしつこく結婚を迫っているか、あるいは、俗に言う「口説《くど》き落とそうと躍起《やっき》になっている」たしかな証明でもあった。すると、他の求愛者たちはこれに失望落胆し、そこを通り過ぎて、自らの恋路の行方を別途《べっと》に探し求めるより仕方がなかったのである。

このようにイカボッド・クレインの恋敵は、なかなか手ごわかった。あらゆる状況を考慮すれば、たとえイカボッド・クレインの腕っぷしがもっと強くても、この恋愛競争には尻込みしてしまっただろうし、またもっと賢《かし》ければそれなりに手を引くことを考えたであろう。ところが、彼の性格は持ち前の粘り強さと柔軟さがうまく混じり合っていて、心も身体もクマヤナギのように丈夫でしなやかであった。つまり、屈するようで屈しない、折れそうで折れない、それほど強靭《きょうじん》な心身の持ち主なのだ。たとえば、ちょっとした力が加わっただけでも頭を下げるが、次の瞬間には再び元気にピンと立ち上がり、いつも通りに頭を高く上げて堂々と振舞うのである。

ブロム・ボーンズと同じ土俵《どひょう》で公然と戦うことなど、まさに常軌を逸《いっ》した行為であった。というのは、ブロムは自分の恋路を邪魔されて、そそくさと退散するような人物ではなかったからである。彼は女性遍歴の凄《すさ》まじさで知られるギリシア神話の英雄、アキレウスのようであった。したがって、イカボッド・クレインは周囲に勘づかれないように巧みに事を進めたのだ。まず、歌の教師としての立場を利用して、彼はヴァン・タッセルの家に足繁《あししげ》く通った。煩《わずら》わしい親の干渉というものは、とかく恋路の邪魔になるものだが、彼がそれを懸念することは一切《いっさい》なかった。家主のバルト・ヴァン・タッセル（前出のバルタス・ヴァン・タッセル老人のこと）は、のんびり構えどこか茫洋《ぼうよう》としたところのある人物であった。自分の娘は愛用のパイプよりも可愛《かわい》い存在であったし、物わかりのよい立派な父親であったので、家主《やぬし》のバルトは万事において娘の意のままにさせておいたのだ。また、ヴァン・タッセル家のよく出来た奥方も、家政を取り仕切り、家禽《かきん》の世話

で手一杯であった。彼女が思慮深く語るところによれば、鴨《かも》やガチョウは愚鈍《ぐどん》な生き物であるのでしっかり世話をしないといけないが、女の子は身の回りのことがちゃんと自分で出来るから大丈夫だというのだ。このような理由も手伝って、猫の手も借りたいほど忙しい件《くだん》の奥方は、相変わらず家のなかをバタバタと駆けずり回っていた。そうかと思えばベランダの片隅《かたすみ》で紡《つむ》ぎ

車《ぐるま》を操《あやつ》って糸を紡ぐのであった。そのあいだに、誠実な家主《やぬし》バルトは、もう一方の片隅で夕暮れどきにパイプを燻《くゆ》らせながら、両手に剣を構えた木製の小さな戦士の風見《かざみ》が納屋《なや》の天辺《てっぺん》で、勇敢にもそよ吹く風と戦っている様子を眺《なが》めていた。そうこうしているうちに、イカボッド・クレインは、あの大きなニレの木の下の泉のほとりで愛を囁《ささや》いたり、誰もが雄弁になる黄昏《たそがれ》どきの薄闇のなかを、ぶらりと散歩しながら、カトリナを口説《くど》くのであった。

どのようにしたら女性を口説き落とせるのか、私にもよく分からない。何しろ、私にとって女性とは、常に不可思議な謎を秘めた賛美の的なのである。たとえば、そこを突かれたら弱いという点を一つしか持たない女性がいるかと思えば、その一方で、攻略手段が無数に存在するような女性がいる。その場合には、あれこれと手練《てれん》手管《くだ》を弄《ろう》して操り、そして口説き落とすことになるだろうが。前者のタイプの女性を物にするには熟練の技が必要だが、後者の女性を手中に収めることができれば、それはいっそう攻略する手腕に長《た》けた達人である証左になる。何故《なぜ》ならば、この砦《とりで》を死守するには、あらゆる入り口や窓の辺《あた》りで激しい攻防を展開しなければならないからだ。したがって、千人もの一般の女性の心を摑《つか》むことのできる男性がいるとしたら、それなりに称賛に値するだろうが、カトリナのような色っぽい妙齢《みようれい》の女性を物にし、万事にわたり操縦できるとなれば、これぞ男子の本懐《ほんかい》を遂《と》げた英雄の証《あかし》である。たしかに言えることは、あの恐るべきブロム・ボーンズでさえ、そのような豪傑な男とは言えなかったのだ。イカボッド・クレインがカトリナに言葉巧みに言い寄ったときから、ブロム・ボーンズの勢力は見る見るうちに衰退《すいたい》し、もはや日曜日の夜に、彼の馬があの家の柵《さく》に繫《つな》がれているところは見られなくなっていたのだ。かくして、ブロム・ボーンズとスリーピー・ホローに住むイカボッド・クレインとのあいだで、凄《すさ》まじい抗争が繰り広げられることになったのである。

ブロム・ボーンズには、生来《せいらい》の武骨《ぶこつ》な気質と相まって騎士道精神もいくぶん備《そな》わっていた。それゆえに、彼はカトリナとの恋の交渉権を勝ち取ろうと、かつての遍歴騎士たちのやり方を範として、それを公然の場に晒《さら》し、至極単純明快な一騎打ちの勝負を相手のイカボッド・クレインに仕掛けようと考えたに相違ない。ところが、イカボッド・クレインの方は憎き恋敵《こいがたき》のブロム・ボーンズの腕力が自分より優《まさ》っているのを先刻承知していたので、あえてその挑発に乗ることはなかった。何でも噂によると、ブロム・ボーンズは自慢げな素振りを見せて、「あんな学校の教師野郎なんかは、真っ二つにへし折って学校の棚の上にでも置いて晒しものにしてやろうじゃないか」と言い放《はな》ったというのだ。そのため、イカボッド・クレインは自《おの》ずと警戒心を強めて、相手に機会を与えないようにしたのである。このようにあくまで強硬に平和的な手立てを講じられると、ブロム・ボーンズとしてはそれを無下《むげ》に一蹴《いっしゅう》することができず、苛立《いらだ》ちが募《つの》り、あまりにもたわいない悪戯《いたずら》を仕掛けて、恋敵のイカボッド・クレインを散々に痛めつけるという姑息《こそく》な手段に打って出るしかなかった。かくして、イカボッド・クレインはブロム・ボーンズとその取り巻き連中から妙な迫害を受けるようになってしまったのだ。まず、彼らはこれまで平穏無事な日々が続いていたイカボッド・クレインの領域である学校を奇襲して、その煙突を塞《ふさ》ぎ生徒たちを燻《いぶ》り出してしまったのだ。また夜は夜で、柳《やなぎ》の小枝や窓の閂《かんぬき》で恐ろしく厳重に戸締りがしてあるにもかかわらず、校舎を襲い、そこらじゅうすべてのものをめちゃくちゃに壊《こわ》したのである。憐《あわ》れな学校教師であるイカボッド・クレインでも、これは近隣のすべての魔女どもが集まって仕掛けた仕業《しわざ》だろうと勘繰《かんぐ》ったほどのひどい様子であった。しかし、さらに厄介《やっかい》なことは、ブロム・ボーンズがあらゆる機会を捉えて、カトリナの面前で恋敵《こいがたき》のイカボッド・クレインを物笑いの種として、しばしば引き合いに出してからかうのであった。たとえば、ブロム・ボーンズは毛並みの悪い雑種犬を飼うことになったのだが、その犬にひどく滑稽《こっけい》な鳴き声を教え込み、それを連れ込んでカトリナに讃美歌を教えるイカボッド・クレインと張り合って、大いに気炎《きえん》を上げたのである。

このような状況がしばらく続いたが、相競う双方の形勢に何ら大きな変化が生じることはなかった。ある晴れた秋の日の午後に、イカボッド・クレインは沈思黙考に耽《ふけ》りながら、いつものように授業中に生徒一人ひとりの様子を注意深くつぶさに観察するための高い腰掛椅子《いす》に王様のような雰囲気を漂《ただよ》わせて座っていた。その片手には専制君主の笏《しゃく》ともいうべき鞭《むち》用の木のヘラが握られており、それをピシッと唸《うな》らせながら権力を誇示していた。素行《そこう》の悪い生徒たちにとっては常に恐怖の的である樺《かば》の枝で出来た正義の鞭《むち》は、教師の王座の背後の三つの壁釘《かべくぎ》に掛けてあった。他方、教師の前に置かれた机の上には、怠惰《たいだ》で腕白《わんぱく》な生徒たちから没収した各種の禁制品や教室に持ち込んではいけない玩具《がんぐ》の武器類が並んでいた。たとえば、食べかけの林檎《りんご》、コルク銃、コマや風車の類《たぐい》、ハエ取り籠《かご》、その他にも仕掛け付きの紙製の闘鶏《とうけい》などがあった。どうやら、つい先ほど、厳しく叱られたばかりであろうことは察しがつく。生徒たちは慌《あわ》てふためいて本を読んでいるか、さもなければ、片目で教師の方に視線を向けつつも、本で顔を隠して熱心に読んでいるように思わせ、ひそひそと無駄話《むだばなし》に興じていた。気がつけば、いつの間にか教室中がシーンと静まり返っていたので、聞こえてくるのは微《かす》かなざわめきくらいであった。ところが突然、ひとりの黒人がその場に出現したことにより、その静寂《せいじゃく》は破《やぶ》られた。この男の出《い》で立《た》ちは、こんな風であった。粗《あら》い麻布製の上着とズボンにローマ神話に登場するマーキュリーのように縁のない丸い帽子を被《かぶ》り、手入れもそこそこで、ほとんどまともに調教をしていないような仔馬に跨《また》がって、手綱《たづな》のつもりなのだろうか、それに代わる一本の縄でこの馬を御《ぎょ》していたのだ。彼は校門付近まで駆け込むと、イカボッド・クレインに今晩ヴァン・タッセル氏の邸宅において「縫物仕事の会」と称する集《つど》いが催《もよお》されるので、是非とも出席くださるようにと申し伝えた。それが彼のお役目であった。概して黒人というものは、この手のささやかなメッセージを運ぶ使者として送られると、いかにも傲慢不遜《ごうまんふそん》な態度を取り、しかも飾った言葉を並べ立てて口上《こうじょう》を述べるものだ。この男もやはり同様で、無事にこの使いを終えると、まるで重大な使命でも担《にな》っているかのように、勢いよく小川を飛び越えて窪地《くぼち》を疾走《しっそう》していったのである。

このことによって、それまで静寂《せいじゃく》に包まれていた学校は、たちまちのうちに大騒動《おおそうどう》になってしまった。授業は細かい点には触れずに速《すみ》やかに進捗《しんちょく》した。頭の回転の速い生徒であれば、本を途中半分くらい飛ばして読んだところで叱責《しっせき》されることはなかったが、覚《おぼ》えの悪い生徒は本を早く読むことを促《うなが》されたり、難解な言葉を使いこなせないと、時折、鞭《むち》用の木のヘラで背中を叩《たた》かれた。書物は本棚に並べられずに投げ出されて散《ち》らかり、インク壺は一気にひっくり返され、椅子《いす》は放り投げたり倒されるなどして、生徒たちはいつもより一時間も早く下校することができた。生徒たちは学校から解放された後、まるで小鬼《こおに》の群れのように野原に出て心底嬉《うれ》しそうにはしゃいで楽しんだのである。

伊達男《だておとこ》のイカボッド・クレインは、少なくともいつもより三十分も余計に時間かけて男の身だしなみを整えた。一番上等な服といっても、じつのところは一帳羅《いっちょうら》のくすんだ黒服しかなかったが、それに丁寧《ていねい》にブラシをかけ、せいぜい見栄《みば》えよくして、校舎のなかに掛けてある壊《こわ》れた鏡を覗《のぞ》きこんで身なりを整えたのである。彼は真の騎士のように美麗《びれい》な恰好をしてカトリナの前に登場するために、その頃に宿を借りていたオランダ人農夫で、ちょっとばかり気難《きむずか》しいところのあるハンス・ヴァン・リッパーという名前の老人から馬を借りると、それに颯爽《さっそう》と跨《また》り冒険を求めて旅立つ遍歴騎士のように駆けていった。ところで、昔ながらの真の騎士道物語の精神に則《のっと》って、この物語の主人公イカボッド・クレインとその馬の様子、あるいはその出《い》で立《た》ちについても多少の説明を施《ほどこ》す必要があるだろう。彼が跨っている農馬は年寄りで、よぼよぼの疲れ切った表情をしており、性格の悪さだけがきわだっていた。馬はすっかり痩《や》せ衰《おとろ》えて、荒くもじゃもじゃとした毛並みが目立つようになっていたし、その首は雌《め》羊《ひつじ》のようにやや細くて長く、頭はハンマーのような形をしていて、色褪《いろあ》せた赤錆色《あかさびいろ》のたてがみや、尾っぽはもつれた上に、衣蛾《いが》などが附着していた。片方には眼球がなかったが、それは化け物を彷彿《ほうふつ》とさせるように輝き、もう片方の目は本物の悪魔のような光彩を放《はな》っていた。とはいうものの、この馬が「ガンパウダー」（火薬の意）と呼ばれていることから推《お》し量《はか》れば、全盛期の頃には、さぞかし気性《きしょう》も激しかったであろう。じつを申せば、この馬はかつて短気で怒りっぽい性格のヴァン・リッパーの一番のお気に入りであったようだ。この人物は乱暴な乗り手として知られていたので、おそらくその荒《あら》っぽい気質《きしつ》が愛馬にもいくぶん投影されたのかも知れない。つまり、この馬は見たところ年老いて疲弊《ひへい》しているように見えるが、近隣のどの若馬も到底及ばないような魔性の血を宿していたのである。

イカボッド・クレインは、そのような馬にお誂《あつら》え向きの人物であった。ずいぶんと鐙《あぶみ》が短いせいもあって、両膝《ひざ》がほとんど鞍《くら》の前部に届くほど高く上がり、また細く骨ばった肘《ひじ》はバッタの足のように突き出しているし、手には鞭《むち》が握られていた。それを笏《しゃく》のように真っ直ぐに立てていた。このような恰好《かっこう》をしているものだから、馬がとぼとぼとゆっくりとした足取りで歩くと、彼の両腕の動きは鳥が羽ばたいているように滑稽《こっけい》に見えてしまうのだ。彼は小さな毛織りの帽子を被《かぶ》っていたが、額《ひたい》があまりに狭いので鼻の上にちょこんと載《の》っているような感じであったし、身にまとっている黒い上着の裾《すそ》はパタパタと靡《なび》いて、この馬の尻尾まで届きそうであった。イカボッド・クレインとその馬がハンス・ヴァン・リッパーの家の門をくぐって外に出て行ったときの様子は以上のようなものであったが、それはまったくもって真っ昼間に出くわすような代物《しろもの》ではなかった。

よく晴れた長閑《のどか》な秋の日であった。秋晴れの空は綺麗《きれい》に澄みわたっていて、この季節の自然は恵みに溢《あふ》れて豊穣《ほうじょう》を思わせる鮮《あざ》やかな金色《こんじき》の衣《ころも》を羽織《はお》っていた。森は落ち着いた茶と黄の秋色に染まり、繊細《せんさい》な木々は霜《しも》に打たれて橙色《だいだいいろ》や紫色や深紅《しんく》に包まれた景色を演出していた。野鴨《のがも》たちは流れるような線を描きながら、次々と空高く飛び立っていった。一方、栗鼠《りす》の鳴き声がブナやクルミの木立《こだち》から聞こえてきたし、鶉《うずら》の寂《さび》しげに沈んだ鳴き声も時折近くの麦の刈り株が残っている畑から聞こえてきた。

　小鳥たちは別れの宴を催《もよお》していた。宴たけなわになると、彼らは羽ばたき、囀《さえず》り、戯《たわむ》れながら軽やかに茂みから茂みへと、あるいは木から木へと飛びまわり、気まぐれに周《まわ》りに豊富にある餌《えさ》を貪《むさぼ》るのであった。腕白小僧《わんぱくこぞう》の狩猟家たちのお気に入りの獲物である誠実なコマドリは、不平を洩《も》らしているかのように声高《こわだか》に鳴き、黒鳥《こくちょう》は囀りながら黒い雲のように群れて飛んでいた。金色《こんじき》の翼の郭公《かっこう》は深紅のトサカと黒い鎧《よろい》のような喉当《のどあ》てに加えて美しく華麗《かれい》な羽毛を持ち、連雀《れんじゃく》は翼の先が赤く、尾羽《おばね》は黄色かったが、小さな羽根のモンテイロ風の丸い鳥打帽《とりうちぼう》を被ったような様子であった。アオカケスは陽気で騒がしい洒落者《しゃれもの》で、明るいライトブルーの上着と白い下着をまとって、叫んだり、お喋《しゃべ》りに興じたり、頷《うなづ》いてみたり、頭を下げたり、お辞儀《じぎ》をしてみたりと忙しく、まるで森のすべての歌い手たちとも仲が良いことを吹聴《ふいちょう》しているかのような素振りを見せていた。

イカボッド・クレインはゆっくりと歩いていたが、その目は冴《さ》えていてご馳走《ちそう》になるようなものを見逃すこともなく、楽しげに辺《あた》りを見回しながら実《みの》り豊かな秋の風景を満《まん》喫《きつ》していた。四方のどこを見わたしても、林檎《りんご》、林檎、林檎であった。その林檎畑には枝も折れんばかりに、たわわに実《みの》った林檎が垂《た》れ下がって野趣《やしゅ》豊かであった。市場出荷用の林檎はバスケットや樽に零《こぼ》れんばかりに入っていたが、林檎汁作り用に高く積み上げられたものもあった。さらに先に進むと大きなトウモロコシ畑が見えてきた。その金色の穂は葉の包みのようなところから顔を覗《のぞ》かせていて、それを原料にケーキやヘイスティー・プディング（コーンミール粥《かゆ》）などの菓子類が出来上がりそうであった。その下には黄色い南瓜《かぼちゃ》がゴロンと転《ころ》がって、その綺麗《きれい》なまん丸いお腹を太陽に向けていて、美味《おい》しい上等のパイがいくつも作れそうな気がした。やがて、彼は蜜蜂の巣から放《はな》たれる甘い香りが鼻をくすぐるような蕎麦《そば》畑を通りかかったのだが、それを眺めているとバターをたっぷり塗りつけた上に蜂蜜を垂らした贅沢《ぜいたく》なパンケーキを食することができるかもしれないという甘美《かんび》な期待が静かに湧《わ》き上がってきて思わず心が躍《おど》った。しかも、それは可愛《かわい》いカトリナ・ヴァン・タッセル嬢の可愛い小さな手で作られるのだ。

このように、たくさんの甘美な思いを胸に秘め、いわば「甘い空想」を膨《ふく》らませながら、彼は雄大なハドソン川の絶景を望む丘の斜面を進んでいった。太陽はその丸い体を回転させて、刻々と西へ傾《かたむ》いた。タッパン・ジーの広い水面《みなも》は微動だにせず、鏡のように穏《おだ》やかであったが、ただところどころで静かな波が水面を揺らし、青く冴《さ》える遠い山の影を長く延ばしていた。空には幾つかの琥珀《こはく》色の雲がぽっかりと浮かび、風もなく雲も動かなかった。地平線は美しく金色に輝いていたが、やがて刻々と薄緑色に変化し、それから頭上高く広がる空の濃紺色に染まって溶《と》けた。夕陽は川辺《かわべ》に突き出て、切り立つ断崖《だんがい》の上に茂る木々の辺《あた》りをたゆたい揺れながら、岸壁の暗い灰色と紫色の深みをますますきわだたせていた。一艘《いっそう》の小舟が潮の流れに任《まか》せてゆっくりと川を下り、遥《はる》か遠くに漂《ただよ》っているのが見えたが、その帆《ほ》は空しく帆柱に掛かって垂《た》れていた。蒼穹《そうきゅう》が静かな川面《かわも》に映《は》えて輝いているので、たゆたう小舟は空中にふんわりと浮かんでいるように見えた。

夕闇が辺《あた》りをすっぽりと包む頃に、イカボッド・クレインがヴァン・タッセル氏の大邸宅に到着すると、そこにはすでに近隣の才子佳人《さいしかじん》がたくさん集《つど》っていた。年配の農夫たちは、なめし革のような褐色《かっしょく》の痩《や》せた顔をして手織りの上着を羽織《はお》って、半ズボンと青いストッキングに大きな靴を履《は》いていたが、バックルは立派なピューター製であった。威勢《いせい》のいい古女房たちは美しい襞《ひだ》の飾りの付いた帽子を被《かぶ》り、腰線を低くつけたショートガウンを身にまとい、お手製のペチコートを穿《は》いて、その外側にはハサミや針刺しや派手な模様の更紗《さらさ》の小袋を垂《た》らしていた。丸ぽちゃな可愛《かわい》い娘さんたちも、母親たちと同様に古風な出《い》で立《た》ちで、頭には麦藁《むぎわら》帽子を載《の》せ、素敵なリボンを付けていた。白いドレスを身に着けているあたりは、最新の流行を意識した都会的な志向の表れであろう。一方、息子たちは、途轍《とてつ》もなく大きな真鍮《しんちゅう》のボタンを並べて飾った裾《すそ》の角ばった短い上着を着て、その髪型も概して当時の流行に倣《なら》ったものであった。すなわち、後頭部に残した髪を編んで背後に垂《た》らしていたが、こうした弁髪《べんぱつ》のために鰻《うなぎ》の皮を手に入れられれば上出来であった。何でも、国中で鰻の皮は育毛促進に効果があると思われていたからである。

やはりブロム・ボーンズは、この場においても主役格であった。彼はヴァン・タッセル邸に愛馬ディアデビル（向う見ずの馬の意）で乗りつけたが、この馬は彼に似《に》て威勢はいいし、何よりも悪戯《いたずら》好きであった。したがって、ブロム・ボーンズでなければ、およそこの手の馬を乗りこなすことはできなかったのである。彼は荒馬《あらうま》を選んで乗りこなすことで有名であったのだ。つまり、騎手が首の骨を折るかも知れないという心配を常にしなければならないような種類であれば、どの馬でもよかった。彼はよく訓練された従順な馬などは、血気《けっき》盛《さか》んな若者が乗るにはふさわしくないと思っていたのである。

この物語の主役がヴァン・タッセルの大邸宅の大広間に入ったときに、彼を突如《とつじょ》として夢中にさせた素晴らしい魅惑《みわく》の世界について、事細《ことこま》かに述べさせていただきたいと思う。それは容姿《ようし》の美しさを存分に披歴《ひれき》した娘たちの群れにまつわることではなく、彩り溢《あふ》れる豊穣《ほうじょう》の秋を迎えて、ティーテーブルに並んだ本物のオランダ風味《ふうみ》を添える大そうなご馳走《ちそう》の数々の品についてである。そこには言葉では言い尽《つ》くせないほど多彩な菓子類が山ほど盛《も》られていたのだ。それらはいずれも熟練の技を持つベテランのオランダ人の女房連中だけが作り方を承知している美味《びみ》なる菓子であった。オウリー・クークやクルーラーといった美味《おい》しそうなドーナツ類、揚げ菓子、砂糖をまぶした菓子、ショートケーキ、生姜《しょうが》菓子、蜂蜜を垂《た》らしたケーキ、その他ありとあらゆる菓子類がテーブルに並べられ豊かな彩《いろど》りを添えていた。それからアップルパイ、ピーチパイ、南瓜《かぼちゃ》のパイなども顔を覗《のぞ》かせていた。これらに加えて、ハムとスモークビーフのスライス、そして砂糖づけのプラム、桃、梨、さらにマルメロの実などを美味しそうに盛りつけた皿がいくつも置かれていた。ニシンの照り焼きやローストチキンは言うまでもなく、ミルクや生クリームの入ったボールも一緒に並べられて、私がいま羅列《られつ》したように、そうしたもの一切《いっさい》が交《ま》じり合って食卓を埋め尽《つ》くしていたのだ。しかも、そのど真ん中には堂々とした大きなティーポットが置いてあり、そこから湯気《ゆげ》がもくもくと立ち上がっていた。何とも豪奢《ごうしゃ》な食卓である。この宴の模様を縷々《るいるい》仔細《しさい》に述べはじめると切りがないし、ましてやその時間もない。そこで、私としては、そろそろ話を先に進めさせていただきたいと思う。幸いにして、イカボッド・クレインは私などとは異なり、べつに急いでいるわけでもなかったので、テーブルを賑《にぎ》わしていたご馳走《ちそう》をどれもたっぷりと味わったはずである。

イカボッド・クレインは義理《ぎり》堅《がた》く人情味に溢《あふ》れた人間であった。ご馳走でお腹が満たされると気力も湧《わ》いてきた。それは人が酒を飲んで気分が昂揚《こうよう》するのと同じ道理である。彼は食べながら、この大邸宅の周囲をその大きな目できょろきょろと見わたした。そして、いつの日か、この想像を超えるような贅《ぜい》を尽《つ》くした絢爛豪華《けんらんごうか》な御殿《ごてん》の主人になれるかもしれないとほくそ笑んだ。そのとき、彼はこんなことを考えた。そろそろあの古い学校にも見切りをつけて、ハンス・ヴァン・リッパーや、うだつが上がらないすべての支持者どもの面前で、指をぱちっと鳴らして挑発してやるんだと。あるいは、もしも新任の教師がやってきて、自分を気やすく仲間扱いしようものなら、邸宅の戸口のところで一発蹴飛《けと》ばしてやってもいいだろう、と意気込んだのである。

バルタス・ヴァン・タッセル老人は上機嫌で満ち足りた表情を浮かべて、集まった客人たちのあいだを縫《ぬ》うように歩き回っていたが、その顔は中秋《ちゅうしゅう》の名月のように丸々として喜びに満ち溢れていた。客人たちをもてなすときの彼の挨拶は簡単で、単に客人と快《こころよ》く握手して、肩を軽く叩き、哄笑《こうしょう》して、「さぁ、どうぞ遠慮なく召《め》し上がってください」と声を掛けて勧めるだけであったが、それはじつに心のこもったものであった。

やがて、大広間から音楽が聞こえてきて、皆をダンスに誘《さそ》った。演奏していたのは老いた白髪《しらが》頭の黒人で、この近隣ではもう半世紀以上もの長きにわたり巡回の楽器奏者として活躍していた人物である。演奏していた楽器は、彼と同様に相当の年代物でずいぶんとガタがきていた。演奏の大半は二、三本の弦を引き鳴らす程度で、楽器の弓を動かすたびに、それにつられて頭も動かすものだから、新たな二人組がダンスを踊り出そうとするときには、いつも頭が地面につきそうになるまでお辞儀《じぎ》をして足を踏み鳴らすのであった。

ところで、イカボッド・クレインは歌も得意だが、ダンスも上手《じょうず》で自慢の種にしていた。何しろその四肢を激しく動かして休むことを知らないのだ。締まりのない身体を全力で稼働《かどう》させて部屋のなかを騒々しく動き回る姿を見れば、誰もがダンスの守護神聖ウイトゥス本人が現れて颯爽《さっそう》と踊っているのではないかと錯覚《さっかく》してしまいそうになるほどだ。彼は黒人全員から好かれて尊敬を集めていた。身体の大小や老若男女を問わず、また農場からであろうと近隣からであろうと、大勢《おおぜい》の黒人たちがこの邸宅に集まってきて、邸宅のどの入り口や窓からも、妖《あや》しく光を放《はな》つ漆黒《しっこく》の肌をした黒人たちがピラミッドの

ように高く群れて並び立ち、邸内の光景を楽しそうに眺《なが》めていた。そして、彼らはその目をぎょろぎょろと動かし、耳まで裂けたような大きな口から、象牙《ぞうげ》のような白い歯を剥《む》き出して、にたにたと笑って興じていたのだ。悪戯《いたずら》盛りの子供たちを鞭《むち》で叩いて厳しく指導している件《くだん》の先生であっても、やおら活気づいて愉快な気分にならざるを得なかったのである。何しろ、イカボ

ッド・クレインが秘《ひそ》かに思いを寄せている女性がダンスのパートナーであったのだから当然であろう。イカボッド・クレインが相手にうっとりとした秋波《しゅうは》を送るたびに、彼女はやさしく微笑《ほほえ》み返すのであった。これを見て、恋敵《こいがたき》ブロム・ボーンズは恋することのもどかしさに苛《さいな》まれ、嫉妬心《しっとしん》を煽《あお》られて、独り片隅《かたすみ》に座って沈思黙考《ちんしもっこう》するより仕方がなかった。

ダンスが終わって、ついついイカボッド・クレインの足が向いたその先は、老賢人たちがたむろしているところであった。彼らはバルタス・ヴァン・タッセル老人と一緒にベランダの片隅《かたすみ》に腰を下《お》ろし、タバコを吹かしながら昔話に花を咲かせて、独立戦争にまつわる長い物語を徒然《つれづれ》に語り合っていた。

今ここで、話題にしていることが起こった当時、この近隣は豊かな歴史や伝承で彩られて、多くの名士を輩出した非常に恵まれた土地であった。独立戦争当時には英米両国の境界線がこの附近に存在していたこともあり、この辺《あた》りでは掠奪《りゃくだつ》行為が横行し、亡命者やイギリスにくみした王党派の無頼漢《ぶらいかん》たち、そして様々な辺境の騎士団が跋扈《ばっこ》していたのだ。あれから幾多の歳月が流れているので、どの話し手も自分の語る話は都合よく脚色していたし、また話し手本人の記憶も心許《こころもと》ない限りなので、自《おの》ずと自身をあらゆる手柄話《てがらばなし》の主人公に仕立てることができた。

ドフユー・マートリングという名の大柄で青髯《あおひげ》を生《は》やしたオランダ人の話では、土砂《どしゃ》を積み上げて築いた胸壁《きょうへき》から放《はな》った一発の古い鉄製の九ポンド弾で、イギリスのフリゲート艦を撃沈寸前までに追いつめたが、六発目を発砲するも惜《お》しくも自分の大砲が破裂してしまったのだというのである。それから、またひとりの老紳士が語りはじめた。じつは、この老紳士は途轍《とてつ》もなく大金持ちのオランダ人なので名前はあえて伏《ふ》せておこう。彼は卓越《たくえつ》した防禦《ぼうぎょ》の達人《たつじん》で、ニューヨーク北部郊外のホワイトプレインズの戦い*5において、飛んで来た弾丸を短剣で受け流し、刃《やいば》をマスケット銃の弾丸が音を立てて回り、柄《つか》に命中したのを確認できたというのだ。その証拠に、短剣の柄がいくぶん曲がっているところをいつでも見せようではないかと、言葉を続けた。その他にも幾人か同様に戦場で手柄を立てた者がいたが、いずれの人士も戦争を勝利に導いて終結させたのは自分の功績が大きいと口を揃《そろ》えて語るのであった。

しかし、その後に続けて話題に上った幽霊や妖怪《ようかい》の話に比べれば、こうした話などは取るに足らない些事《さじ》に思えた。つまり、この近隣にはこの種の貴重な伝説がふんだんに残っていたのである。地方色豊かな民話や迷信は、何といってもこうした奥地のオランダ人が長く住みついた辺鄙《へんぴ》な場所に脈々と息づいているものだが、アメリカのたいていの町村は境を超えて移り住む民によって成り立っているので、彼らに蹂躙《じゅうりん》されてそれぞれの土地に定着することはないのだ。その上、この辺《あた》りのほとんどの村では、幽霊が出没したところで、その幽霊本人を元気づけるものがないのだ。何しろ、幽霊が墓のなかに入って、まず眠りにつき、そこで寝返りを打つか打たないかのうちに、生き残っている知人たちは、この近隣からそそくさと旅立ってしまうからである。したがって、幽霊が夜に出没して辺りを徘徊《はいかい》しようとしても、もはや訪《たず》ねるべき朋友知己《ほうゆうちき》は誰一人としていないのだ。古くからあるオランダ人の住む村以外で幽霊が出るとの噂が囁《ささや》かれないのは、おそらくこのような事由《じゆう》によるものだろう。

しかし、この辺りに超自然現象にまつわる話が多い直接の原因は、紛《まぎ》れもなくスリーピー・ホローに近い位置にあったからである。空中には感染力の強い伝染病の病原体が浮遊しており、それは幽霊の出没する場所から飛散《ひさん》してくるのだ。これが夢や空想といった魅惑的な吐息《といき》を拡散して附近一帯に伝播《でんぱ》する。スリーピー・ホローの住民たちも数人、この邸宅に来ていて、いつものように不思議な伝説をぽつりぽつりと語りはじめた。たとえば、不運の代名詞のような存在であるイギリス軍将校ジョン・アンドレ少佐*6が捕えられた場所には大きな木が聳《そび》え立っているのだが、その辺りで葬列を目撃したとか、あるいは嘆き悲しむ声や叫ぶ声が聞こえてきたとか、このように気が滅入《めい》りそうな陰鬱《いんうつ》な話が次々に飛び出した。実際、その大木はその附近に立っているのである。続いてレイヴン・ロック（鳥の岩の意）の暗い闇に包まれた谷間に出没して、冬の夜の嵐の前になると甲高《かんだか》い悲鳴をあげるという白い衣装をまとった女性の幽霊のことも話題に上ったが、彼女はかつてその谷間で、降りしきる雪に埋もれて息絶《いきた》えたようだ。しかし、そのなかでもとくに傑出した話は、言わずと知れたスリーピー・ホローの人気者の幽霊、すなわち首なし騎士についての話題に尽《つ》きる。最近でも幾度かこの付近を彼が徘徊しているとの噂が囁かれ、毎夜教会の墓地に馬を繋《つな》ぎとめていたというのである。

この教会は人里離れたところにぽつんと建っていることもあって、以前から天に召《め》されずにいる霊が好んで跋扈《ばっこ》していたらしい。教会は周囲にマメ科のハリエンジュの木々や高いニレの木々が生《お》い茂る丘の上に佇《たたず》んでおり、こうした木々のあいだから清廉《せいれん》な趣《おもむき》のある教会の白壁がやさしい光を放つ様子は、清新なキリスト教精神が奥まった闇のなかで輝いているようであった。緩斜面《かんしゃめん》は教会の附近から下って、陽射しを浴びて銀一色に輝く水面《みなも》へと延びており、その岸辺には高い木々が聳《そび》え立ち、そのあいだを縫《ぬ》ってハドソン川一帯の青色に染まった丘が望まれた。この教会の草の生い茂っている墓地に柔らかな陽光が降り注ぐ光景を見たならば、誰でもここでなら少なくとも亡骸《なきがら》は安らかに眠れるだろうと思うに相違ない。教会の片側には樹木の茂った壮大な渓谷《けいこく》が広がり、それに沿って流れる大きな谷川は、粉砕《ふんさい》された岩塊《がんかい》や倒壊《とうかい》した樹木の幹《みき》に水飛沫《みずひまつ》を撒《ま》き散《ち》らしながら轟々《ごうごう》と音を立てていた。この流れは教会からさほど遠くないところで深く暗く漂《ただよ》っているが、昔はその辺《あた》りに木の橋が架《か》かっており、そこに通じる道沿いや橋自体も垂《た》れ下《さが》がった木々にこんもりと覆《おお》われていたので、真っ昼間でも暗く陰《かげ》って見えたものだ。ましで夜ともなれば、恐ろしいほどに漆黒《しっこく》の暗闇に包まれた。ここが例の首なし騎士が好んで出没したり、しばしば目撃されたりする場所であったのだ。ところで、ブラウワー老人についての話を聞くことができた。彼は幽霊の存在などまったく信じない異端者であったが、スリーピー・ホローの領地に入って、その帰り道に首なし騎士とバッタリ遭遇《そうぐう》したと思ったら、あっというまに無理やり鞍《くら》の後ろに乗せられると、草むらや鬱蒼《うっそう》と茂った藪《やぶ》を抜け、さらに丘や沼地を越えて、とうとうこの橋の架《か》かっている場所に辿《たど》り着いたというのだ。すると、この騎士は、突然骸骨《がいこつ》の姿に変身し、川のなかにブラウワー老人を投げ込むと、辺《あた》りに雷のような轟音《ごうおん》を響きわたらせながら木々の梢《こずえ》を飛び越えて消え去ったというのである。

この話に対抗して、まるで堰《せき》を切ったようにブロム・ボーンズの何とも不思議な体験談が飛び出した。早駆けヘッセ人はなかなかの食わせ者である、と彼は軽くあしらってみせた。ブロム・ボーンズが揺るぎない自信をもって語るところによると、ある晩に近くのシンシン村から馬を走らせて帰る途中、いつの間にか後から追い付いてきた人物がいたというのだ。それが例の真夜中の騎士であった。そこで、ブロム・ボーンズはその騎士にポンチ酒一杯を賭けて競走しようではないかと申し出た。賭けはブロム・ボーンズの勝ちに終わって、その一杯をせしめるはずであった。たしかにブロム・ボーンの愛馬ディアデビルは、あの妖馬《ようば》を完璧なまでに打ちのめして勝利したというのである。

ところが、彼ら二人がちょうどこの教会の橋の辺《あた》りに差し掛かったとき、早駆けヘッセ人がいきなり飛び上がったと思ったら一閃《いっせん》の火となって忽然《こつぜん》と姿を消してしまったというのである。

こうした話は呟《つぶや》くような眠たげな小声で語られたこともあり、ちょうど暗闇のなかで話しているような妙な雰囲気が醸《かも》され、しかも、時折パイプから放《はな》たれる気まぐれな光によって聞き手の顔が微《かす》かに照らされるものだから、そのどれもがイカボッド・クレインの心に深く染み入ったのだ。彼もそれに応えて同じような怪談話を語り出した。たとえば、彼にとってかけがえのない大事な作家のひとりである前出のコットン・マザーの本から幾つかの怖い話を抜粋《ばっすい》して語ったり、故郷コネチカット州で起こった奇妙な出来事についても触れ、さらに一つ付け加えてスリーピー・ホローの附近で夜の散歩をしていたときに遭遇《そうぐう》した身の毛もよだつような恐ろしい光景についても話した。

宴もいよいよ終焉《しゅうえん》を迎えようとしていた。年老いた農夫たちが自分たちの家族を呼び集めて馬車に乗せるなり、でこぼこ道を通り過ぎ遠方に見える丘を越えてゆくゴトゴトと軋《きし》む車輪の音をしばらく響きわたらせた。ある娘さんたちは好みの若者の後ろの鞍《くら》に跨《また》ってはしゃいでいたが、その楽しげな笑い声が、駆け抜けるカツカツという蹄《ひづめ》の音に入り交《ま》じって、ひっそりと静まり返った森に木霊《こだま》した。やがて、その音も小さくなって聞こえなくなり、今まで賑《にぎ》やかに盛り上がっていた邸宅は客人たちもまばらになって、とうとう誰もいなくなった。イカボッド・クレインは念願成就《じょうじゅ》への道を着実に歩んでいると確信していたので、田舎の恋人たちの習慣に倣《なら》って、この邸宅のカトリナという跡取り娘と二人きりで語り合おうとひとり後に残った。ご両人がこの後、どのように語らい、そして時を過ごしたかについてあえて述べることは差し控えたい。事実、私はそのことをよく知らないのだから。しかし、どうもうまくいかなかったのではないだろうか、私はそんな気がした。というのは、しょぼんと肩を落とし、すっかり意気《いき》消沈《しょうちん》して、あまり時間もたたないうちに、その邸宅から彼が出てきたからである。つくづく女という生き物は御《ぎょ》し難いものである。彼はあのコケティッシュな気まぐれ娘に振り回されたのであろうか。彼女が憐《あわ》れなイカボッド・クレイン大先生に散々愛想を振りまき気を持たせたのは、その恋敵《こいがたき》を完全に征服するための単なるまやかしに過ぎなかったのであろうか。それは神のみぞ知ることであって、私には分からない。ただし、これだけは申し述べておきたい。イカボッド・クレインは美貌の誉《ほま》れ高い娘さんの心を奪おうと画策して、この邸宅を訪れたにもかかわらず、まるでコソ泥同然に鶏舎《けいしゃ》から足音を忍《しの》ばせ引き返してきたのだ。何しろ、ついさっきまで、辺《あた》りに広がる長閑《のどか》な田園風景を幾度も楽しげに眺めていたのに、何故か周囲には一切目もくれず、彼は真っ直ぐに厩舎《きゅうしゃ》に向かったのである。そこで豊かに実《みの》ったトウモロコシやオーツ麦、そして渓谷《けいこく》一面に広がる牧草やクローバーの夢を見ながら、ぐっすりと眠りに落ちている愛馬を容赦《ようしゃ》なく叩《たた》いたり蹴《け》ったりして、その心地よい眠りから何とも乱暴に叩き起こしたのだ。

イカボッド・クレインが鬱々《うつうつ》と塞《ふさ》ぎ込み、しょんぼりと視線を落としてタリー・タウンの上方に聳《そび》える高い丘の斜面を通り過ぎて家路《いえじ》についたのは、まさに草木《くさき》も眠る丑三《うしみ》つ時《どき》であった。その日の夕暮れどきには、あれほど軽《かろ》やかで朗《ほが》らかな気分で通った道なのに、今はまったく何というか、やりきれない切なさが漂《ただよ》っていた。時刻も彼同様に陰《いん》鬱《うつ》な雰囲気を醸《かも》し出していた。遥《はる》か眼下には、ぼんやりと薄暗いタッパン・ジーの水面《みなも》が広がり、陸の木《こ》陰《かげ》に錨《いかり》を静かに下ろしている帆船《はんせん》の高い帆柱《ほばしら》があちらこちらに見えた。シーンと静まり返った真夜中ゆえ、ハドソン川を挟《はさ》んだ向こう岸から番犬の吠える声が聞こえてきたが、その鳴き声はあまりにぼんやりと微《かす》かに聞こえるものだから、人間に忠実で従順な犬さえも自分から遠く離れているのではないかと思えて仕方がなかった。ときどき、鶏《にわとり》が不意に目を覚《さ》まし、長く抑揚をつけて鳴く声が遥か遠くの丘の中腹に佇《たたず》む農家の方から聞こえてきた。しかし、彼の耳元に届くその鳴き声は、夢のなかの出来事のように響くだけであった。彼の周辺には生き物の気配《けはい》が感じられないのだ。ただ、時折コオロギが物悲しく鳴いたり、蛙《かえる》が寝心地《ねごこち》が悪いのか、突然寝返りを打ったかのように喉《のど》を鳴らして鳴く声が近くの沼地から聞こえてくる程度であった。

その日の夜の宴で語り聞かされた幽霊や妖怪の話だが、今になってすべての場面が一緒になって彼の心に浮かび上がってきた。夜の闇はいよいよ深くなり、夜空に輝く星も深く沈んでいくように思われ、ときには疾走《しっそう》する雲の群れが周囲の星々を隠してしまうこともあった。イカボッド・クレインは、これほど物寂《ものさび》しい雰囲気に包まれて陰鬱な気分になったことはこれまでなかった。しかも、今、彼はいろんな幽霊話に登場したまさにその場所に近づこうとしていたのである。道のど真ん中に一本の大きなユリの木が立っていて、あたかも巨人のように周辺の他の木々の上に聳え、一種の道標《みちしるべ》の役割を果たしていたのである。ユリの木の枝は瘤《こぶ》だらけで洞《うろ》をなし、じつに奇妙な形をしていた。見たところ、普通の木の幹《みき》に匹敵するほど太く、ほとんど地面につかんばかりに垂《た》れ下がっていて、それからまた空に向かって伸び上がっているのだ。先にも触れたように、不運なアンドレ少佐はこのユリの木のすぐそばで捕まったのだが、今やこの木は彼の悲劇的な最期を憐《あわ》れんで命名された「アンドレ少佐の木」という名称で広く親しまれるようになっていた。市井《しせい》の人たちは、この木を敬意と迷信の入り交《ま》じった複雑な気持ちを抱《いだ》いて眺《なが》めていたが、それはこの木の名称にまつわる例の不運の人物の運命に対する同情心からであり、また、この木をめぐって不思議な光景に出くわしたり、悲しげに嘆く声が聞こえたりするという伝説に由来する。

イカボッド・クレインは、この不気味な木に近づくなり口笛を吹きはじめた。誰かがこの口笛に応えるような気がしたが、一陣の風が枯《か》れた枝々を揺らして、そのあいだを吹き抜けていっただけであった。さらにその木に近づくと、何か白いものが木の真んなかに掛かっているように見えた。彼は立ち止まり口笛を吹くのをやめた。しかし、もっと近くでよく見ると、それは落雷のために木肌が白く剥《む》き出しになった箇所であることが分かった。そのとき、突然唸《うな》り声が聞こえた。彼はガタガタと歯を鳴らして震《ふる》え、両膝《ひざ》も恐怖でぶるぶると小刻《こきざ》みに震えて鞍《くら》にぶつかった。ところが、それは木々の大枝が風に揺さぶられてこすれる音に過ぎなかったのだ。イカボッド・クレインは、どうにか無事にこの木のそばを通り過ぎたものの、彼の前には新たな危険が迫っていた。

この木から二百ヤードほど離れたところには小川が道を横切って流れており、それはワイリーの沼という名で知られる沼沢地《しょうたくち》の多い、木々が生《お》い茂る渓谷《けいこく》へと注いでいた。小川には二、三本の伐採《ばっさい》されたばかりの丸太が渡されて橋の代わりをしていた。この川が森に流れ込んでいる岸の片側は樫《かし》や栗《くり》の木立《こだち》に囲まれていたが、それらには幾重《いくえ》にも野葡萄《のぶどう》の蔓《つる》が巻きつき、その辺《あた》りはさながら洞窟のような薄暗い雰囲気に包まれていた。たしかに、この橋をわたるのは至難の技であった。あの不運のアンドレ少佐が捕えられたのは、紛《まぎ》れもなくこの場所であり、その辺りの栗や葡萄の蔓の陰に潜んでいた屈強な郷士《ごうし》たちが、彼に不意打ちの一撃を食らわせたのである。それ以来、この川には幽霊が出没するという噂が絶《た》えない。そういうこともあって、今でも陽が落ちてから、ひとりでこの橋をわたらなければならない学校の生徒にとっては、怖くて仕方のない場所なのだ。

この川に近づくにつれて、にわかにイカボッド・クレインの胸の鼓動《こどう》がドキドキと高鳴りはじめた。だが、精一杯の勇気を奮《ふる》い起こし、老馬ガンパウダーの脇腹を十回も思い切り蹴《け》りつけて、その橋を一気に駆けわたろうとしたのだが、このつむじ曲がりで偏屈《へんくつ》な老馬は前へ進むどころか横に逸《そ》れて、垣根に自分の脇腹をぶつけてしまったのだ。こうしてぐずぐずしているあいだに、ますます恐怖心が募《つの》ってしまったイカボッド・クレインは、反対側に手綱《たづな》をぐいっと引っぱると、力を振り絞ってガンパウダーの脇腹を他方の足で蹴飛ばした。しかし、この老馬は、ちっとも思うように動いてくれない。たしかにガンパウダーは前脚を蹴って跳び上がりはしたが、慌《あわ》てて道の向こう側の荊《いばら》やハンノキの茂みのなかに飛び込んでしまったのだ。イカボッド・クレインは、今や老馬ガンパウダーの痩《や》せた脇腹に渾身《こんしん》の力を込めて鞭《むち》を振り下ろし、踵《かかと》で蹴り上げていた。鼻息も荒く狂乱したガンパウダーは、物凄い速さで真っ直ぐ突進した。ところが、例の橋の手前まで来ると突然立ち止まってしまったものだから、不意を食らった乗り手のイカボッド・クレインは、危《あや》うくガンパウダーの頭を飛び越えて前に投げ出されるところ

であった。ちょうどそのときであった。せせらぎに架《か》かる橋のたもとで、ばちゃばちゃと川をわたる音がイカボッド・クレインの研《と》ぎ澄《す》まされた耳に届いたのだ。川岸の森の暗い木陰《こかげ》で、巨大で奇妙な形をした黒い何かがそそり立っているのが見えた。それは身じろぎもせずに突っ立っており、まるで暗闇のなかで身構えている巨大な化け物が通行人に飛びかかろうとしている

かのようであった。

　この光景にすっかり怯《おび》えてしまったイカボッド・クレインは、恐怖で髪の毛が逆立《さかだ》ってしまった。いったいどうすればよいのか。もはや向きを変えて、その場から逃げ出そうにも間に合わない。それがもしも幽霊や妖怪《ようかい》の類《たぐい》であったら、風の翼に乗って飛んで移動することができるだろうから、とても逃げ通すことなどできない。そこで、彼はありもしない見せかけの強さと虚勢を張って、口ごもりつっかえながら尋《たず》ねた。「いったい誰なんだ、おまえは」と。だが、それには答えがなかった。さらに声を震《ふる》わせながらふたたび訊《き》いた。またしても答えはなかった。彼はもう一度、その姿勢のまま微動だにしない老馬ガンパウダーの脇腹を踵《かかと》で蹴《け》ると、両目をつむり夢中になって讃美歌の一節を声を張りあげて歌った。ちょうど時を同じくして、この不気味な薄黒い影のような物体は動き出し、軽々と岩場によじ登ると、たちまち道の真んなかに突っ立ち、そして行く手を遮《さえぎ》った。暗くて陰鬱《うんうつ》な闇夜であったが、やがてこの得体《えたい》の知れない化《ば》け物《もの》の輪郭《りんかく》が、ぼんやりと浮かび上がってきた。それは頑強《がんきょう》な馬に跨《またが》った大柄《おおがら》の騎士のように見えた。彼は危害を加えたり邪魔をしたりするわけでもなく、さりとて気さくに声をかけてくるわけでもなかった。老馬ガンパウダーは潰《つぶ》れた片目の側の道端《みちばた》に片よって、ゆっくりと歩を進めていた。そのときには、どうやらガンパウダーは恐怖心も薄らいで落ち着きを取り戻していた。

イカボッド・クレインは、真夜中にこんな奇妙な男と道連れになったことがどうにも気に入らなかったし、またブロム・ボーンズが例の早駈けヘッセ人と競走したときの話がふっと頭を過《よぎ》ったこともあり、ここはひとまず老馬ガンパウダーを急《いそ》がせ、この騎士を追い抜いて先に行こうと考えた。ところが、この得体の知れない騎士も、しきりに馬を急がせてガンパウダーと歩調を合わせるではないか。これを見て、イカボッド・クレインは、わざと遅れようと手綱《たづな》を引き締めて並足《なみあし》で進むようにしたのである。すると途端《とたん》に、相手も同様の戦術を取ってきたのだ。イカボッド・クレインの心は重く沈んだ。彼はまた讃美歌を口ずさもうとしたものの、どうにもうまく歌うことができなかったので断念してしまった。あまりの恐怖で喉《のど》がカラカラになって舌も乾《かわ》いてしまい、それが上顎《うわあご》にへばりついて歌おうとしても思うように声が出なかったのだ。執拗《しつよう》にイカボッド・クレインを追ってくるこの騎士は、相変わらず不機嫌そうにずっと押し黙ったままであった。その様子を見ていると、背筋《せすじ》がぞっとするような不気味な感覚に陥《おちい》った。だがやがて、その正体《しょうたい》が分かったときは唖然《あぜん》とした。丘の上に登ると、この騎士の姿が夜空にくっきりと映《うつ》し出されて、初めて彼の正体が判然としたのだ。そこには身体をマントで包んだ巨人のような背丈《せたけ》の男が立っていた。そして何よりもイカボッド・クレインを驚愕《きょうがく》させたのは、その騎士が首なしのままの状態で立ち上がっていたことである。しかし、恐怖はそれでは終わらなかった。本来なら胴体の上にあるべき人の頭部が鞍《くら》の前部に乗っているのが目に入ったのだ。彼は恐怖心から半ば《なかば》錯乱《さくらん》状態に陥ってしまった。イカボッド・クレインはガンパウダーを踵《かかと》で蹴《け》飛ばし蹴飛ばし、そして激しく鞭《むち》を浴びせながら、その場をうまく切り抜ければ、何とか首なし騎士を巻いて逃げ切ることができると思った。しかし、この化《ば》け物《もの》もイカボッド・クレインと一緒に全速力で駆けだしたのである。二人はただしゃにむに突っ走った。両者の馬がひと飛びするごとに石が跳《は》ね飛び、激しく火花を散らした。イカボッド・クレインはどうにかしてこの状態から抜け出そうと思い、ガンパウダーの頭の前に、その痩《や》せ細った身体を勢《いきお》いよく乗り出すと、身にまとっていた薄っぺらの服をパタパタと夜空に翻《ひるがえ》しながら疾走《しっそう》した。

　ようやく、彼らはスリーピー・ホローへと折れ曲る道に辿《たど》り着いた。ところが、ガンパウダーは悪魔にでも憑《つ》かれたかのように、その道を通らず反対方向に進路を取り、一目散に丘を下って左折すると真っ直ぐ突き進んでいったのだ。この道は四分の一マイルほど鬱蒼《うっそう》とした木々で陰っている砂の窪地《くぼち》を経て、怪談話に登場する有名な橋へと通じていた。そのすぐ向こう側に

は一面緑に染まった小高い丘が見えて、その上には白壁の美しい教会が建っているのだ。

老馬ガンパウダーが恐怖に慄《おのの》いて逃げ惑《まど》ってしまったことは、いみじくも騎手としてのイカボッド・クレインの未熟さを露呈する形となったが、それでもこれまでのところ、この状況での追跡劇では明らかにイカボッド・クレインの方に勝ち目があった。ところが、彼がちょうど窪《くぼ》地の半《なか》ば辺《あた》りまできたときに、鞍《くら》の腹帯《ふくたい》が緩《ゆる》んで身体の下からずり落ちるのを感じた。そこで彼は鞍の前部をしっかり摑《つか》んで、必死で落ちないように支《ささ》えようとしたのだが無駄《むだ》であった。彼は老馬ガンパウダーの首根っこにしがみついて落馬だけは辛《かろ》うじて免《まぬか》れたが、ただそのときに鞍が地面に落ちてしまい、追い手の首なし騎士の馬に踏みつぶされる嫌《いや》な音を耳にしたのである。一瞬ではあったが、馬主であるハンス・ヴァン・リッパーが怒り心頭《しんとう》に発して怒鳴《どな》る光景が目に浮かんだ。何しろ、これは彼のよそ行き用の鞍なのだ。しかし、今はそんなつまらぬ心配をしている場合ではない。首なし騎士の妖怪《ようかい》は彼のすぐ背後に迫っていたのである（彼の騎乗技術は何とも未熟であった）。馬の背に腰を下《お》ろすとなると格別の苦労を要した。すなわち、片方に滑《すべ》ったかと思ったら、今度は反対側に滑り落ちそうになったりと、その不安定さに悩まされ、また背の高い馬の上で激しく揺り動かされたりするものだから、どうにも上手《うま》くいかずに難儀《なんぎ》した。仕舞《しまい》には彼は自分の身体がバラバラになってしまうのではないかと心配するほどであった。

次第に木立《こだち》が開けてくると、彼は教会の橋が間近に迫っていると思って安堵《あんど》した。川面《かわも》に銀色に輝く星が映《うつ》ってゆらゆらと揺れていたので、その推測は間違いではなかった。彼方に見える木々の下に教会の白壁がぼんやりと光を放《はな》っている様子が彼の目に入った。彼はブロム・ボーンズと競走したと目される幽霊が姿を消した場所を思い出した。「あの橋まで辿《たど》り着けば、自分は助かる」。このように希望の光が見えてきたと、イカボッド・クレインは考えた。ちょうどそのときであった。執拗《しつよう》に追跡を続ける不気味な黒馬が、彼のすぐ背後で息を切らせて喘《あえ》いでいたのだ。イカボッド・クレインは首の後ろに生々《なまなま》しい熱い吐息《といき》がかかるのを感じたような気がした。彼がまた衝動的《しょうどうてき》にガンパウダーの脇腹を踵《かかと》で蹴《け》り上げると、この老馬は橋の上に力を振り絞って飛び上がった。そして橋の板が軋《きし》む音を振り切り、やっとの思いで向こう岸に辿り着いたのである。そこでイカボッド・クレインは後ろを振り返るなり、追っ手の騎士がこれまでの定説通り、一閃《いっせん》の硫黄《いおう》の火となって果たして消えるかどうか見定めてやろうとしたが、そのときにイカボッド・クレインの目に映《うつ》ったのは、この妖怪《ようかい》が鐙《よろい》の上に仁王立《におうだ》ちになり、その頭部を彼めがけて投げつけようとしている姿であった。イカボッド・クレインは身を反《そ》らして、とっさにその恐ろしい代物《しろもの》を避けようとしたが、時すでに遅かった。それは途轍《とてつ》もなく異様な音を立ててイカボッド・クレインの頭を直撃した。彼は真《ま》っ逆様《さかさま》になって地面に転《ころ》げ落ちてしまい、老馬ガンパウダーと黒馬と首なし騎士は疾風《しっぷう》のように通り過ぎていったのである。

翌日の朝に愛馬ガンパウダーは見つかったが、その背中には鞍《くら》を乗せておらず、轡《くつわ》も脚の下に垂《た》れ下《さ》げた状態で、主人の家の門前《もんぜん》で澄ました様子で草をむしって食べていた。一方、イカボッド・クレインは朝食の席に姿を現さなかった。午餐《ごさん》のときがきたが、やはり彼はその席にも着いていなかった。生徒たちは校舎に集合し、近くを流れる小川の土手《どて》に沿ってそれとなく歩いてみたが、イカボッド・クレイン先生の姿を見た者はいなかった。ハンス・ヴァン・リッパーは憐《あわ》れな身の上となったイカボッド・クレインと自分の愛用の鞍の行方がいくぶん気になりはじめていた。早速、捜索が開始された。そして懸命に捜《さが》した結果、やっと彼らはイカボッド・クレインの足取りを摑《つか》んだ。教会へと通じる道で例の鞍が踏みつけられ泥まみれになって見つかったのだ。また、馬蹄《ばてい》の跡が深く道に刻《きざ》まれており、明らかに物凄《ものすご》い勢《いきお》いで疾走《しっそう》したことを物語っていた。その跡は橋のところまで続いていた。小川の流れも奥の方に行くと深く黒々として川幅も広くなっていたが、その辺《あた》りの岸辺《きしべ》に不幸なイカボッド・クレインの被《かぶ》っていた帽子が見つかり、そのすぐ傍《かたわ》らには荒く潰《つぶ》された南瓜《かぼちゃ》が一つ転《ころ》がっていたのだ。

そこで小川の辺りを捜索したのだが、イカボッド・クレインの亡骸《なきがら》は発見できなかった。遺産管理人であるハンス・ヴァン・リッパーは、家財一式を仕舞い込んだ例の彼の包みを調べてみた。その財産というのはシャツ二枚半、襟巻《えりまき》二本、梳毛糸《そもういと》の靴下一、二足、コーデュロイの古い半ズボン一着、錆《さび》ついた剃刀《かみそり》一枚、方々の頁《ページ》の隅《すみ》を折り返してある讃美歌集が一冊、それから壊《こわ》れた調子笛が一つ、この程度であった。学校の本や遊戯道具類に関しては、すべてこの村の所有物であったが、ただし、コットン・マザーの『ニューイングランド魔術史』、『ニューイングランド暦』、そして『夢と占い』といった書籍類は、その限りではなかった。『夢と占い』の本にはフールスキャップ判（画用紙大の紙の判型）の紙片が挟まれていて、そこにはイカボッド・クレインがヴァン・タッセル家の跡取り娘に一篇の詩を作って捧《ささ》げようと幾度か書いたり消したりを繰り返した跡が見られた。この魔術の本と詩が書きなぐられた紙片は、ただちにハンス・ヴァン・リッパーの手によって焼却されてしまった。それ以後、ハンス・ヴァン・リッパーは自分の子供たちをもう学校にやらないことに決めたのである。所詮《しょせん》、こんなものを読んだり書いたりしたところで、どうせ碌《ろく》なものにはならないと言うのだ。イカボッド・クレインは、つい一日、二日前に四半期分の給料を受け取っていたのだが、失踪《しっそう》したときには、それを肌身離さず持ち歩いていたに相違なかった。

この不思議な出来事は、次の日曜日の教会でもいろんな物議を醸《かも》すことになった。何しろ、物見高い連中や噂話好きな連中がいくつもの群れを作って、件《くだん》の墓地、橋、帽子や南瓜《かぼちゃ》が発見された場所に集まったのだ。彼らはブラウワー老人の話やブロム・ボーンズの話、その他のすべての話を思い起こして、それらを慎重に精査した上で、今般の出来事と比較検討することにしたのであった。みんなが知恵を絞って考えた末、イカボッド・クレインは早駆けヘッセ人に攫《さら》われたのだという結論に達したのである。彼は独り身で誰にも借金をしていなかったので、他人に迷惑をかけることもなければ、もはやこれ以上、誰も彼のことで頭を悩ます必要もなかったのだ。学校はスリーピー・ホローのべつの場所に移設され、新しい先生がイカボッド・クレインの代わりに授業を担当することになった。

じつを言えば、この不思議な幽霊話は老齢の農夫から聞いたものである。この老人はその後、数年経ってからニューヨークに行ってきたのだが、イカボッド・クレインはまだ現地で生存しているという情報を持ち帰った人物なのだ。それによるとイカボッド・クレインが故郷を去った理由は、一つにはあの妖怪《ようかい》とハンス・ヴァン・リッパーに対する恐怖心と気まずさを克服できなかったからだが、もう一つはヴァン・タッセル家の跡取り娘に散々弄《もてあそ》ばれた挙句《あげく》、不意に振られた屈辱《くつじょく》が原因であったようだ。そのような事情のもとに、彼は遠方に住居を移して、学校での教師生活を継続しながらも法律を勉強して、遂《つい》に弁護士になり、さらに政治家に転じて選挙運動に奔走《ほんそう》し、新聞にも寄稿して世評を得ていたのだ。そして、とうとう民事裁判所の判事の地位まで上り詰めたというのである。一方、ブロム・ボーンズは恋敵《こいがたき》のイカボッド・クレインが姿を消してからしばらくして、花も恥じらう乙女のカトリナの手を取り、誇《ほこ》らしげに婚礼の祭壇へと導いた。ブロム・ボーンズはイカボッド・クレインのことに話が及ぶと、きまって詳しく事情を知っているかのような素振りを見せていたし、例の南瓜《かぼちゃ》の話題になると思わずプーッと噴《ふ》き出して笑う始末《しまつ》で、彼はその件に関して口に出して語ること以上の事情を知悉《ちしつ》しているに相違ない、と周囲の人たちのなかには疑いの目を向ける者もいた。

しかしながら、こういった類《たぐい》の事柄に関して最良の裁判官となれば、それは田舎の年老いた女将《おかみ》さん連中である。彼女らによるとイカボッド・クレインは超自然的な手段によってどこかに連れ去られたに違いないと今でも信じられているのだ。この界隈《かいわい》の人々は冬の夜の暖炉を囲み、好んでこの話題を持ち出して盛《も》り上がるというのである。あの曰《いわ》くつきの橋は、以前にも増して不思議な現象をもたらす超自然的な存在となっていた。そのような事情も反映してか、最近になって、教会へ行く人たちはそこを迂回《うかい》して水車用貯水池の端《はし》を通るようになり、廃校となった校舎は閑散《かんさん》として人知れず朽《く》ちてしまい、そこには不幸なイカボッド・クレイン先生の幽霊が出没するらしいという噂が流れるようになった。静かな夏の夕暮れどきになると、家路《いえじ》を辿《たど》る農夫の小倅《こせがれ》は静寂《せいじゃく》に包まれたスリーピー・ホローで、しばしば讃美歌を物悲しく歌うイカボッド・クレインの声を遠くに聞いたような気がしたというのである。

補遺として
ニッカボッカー氏の手記より

先の物語は、ニューヨークの古都マンハッタンで開催された集会の席上で、私が聞いたことを、ほとんどそのまま正確に述べさせていただいたものである。この集会には同市の識者や名士が多数出席していた。その話し手はみすぼらしい恰好《かっこう》をしていたが、愉快な紳士然とした老人であった。彼は霜降《しもふ》り模様の服を着て滑稽《こっけい》さを帯《お》びた悲しげな表情をしており、おそらく貧しい境遇にある人物だろうと、私には思えた。だが、彼は努めて愉快に振舞いながら座を盛り上げようとした。彼の話が終わると、場内には明るい笑い声が響き、盛大な喝采《かっさい》が起こった。さもおかしそうに大声を出して笑っていたのは、話もほとんど聞かずに大半の時間を居眠りしながら、その場にいた二、三人の市会議員の代理人たちであった。ところで、観衆のなかに、背が高くげじげじ眉毛《まゆげ》の無愛想な表情をしたひとりの老紳士がいた。彼は終始重々しい顔つきで、厳格な表情を崩《くず》さなかった。そして、時折腕を組んだり、頭を屈《かが》めて床に視線を落としたりしている様子から察すれば、何かの疑念にとらわれているかのようであった。彼は用心深く慎重《しんちょう》な人物で、きちんとした理由でもない限り、声を上げて笑うことなど一度もなかった。つまり、それはそれなりの理由と道理に則したときだけなのである。会衆一同の歓声が収まり、ふたたび静寂《せいじゃく》が戻ると、彼は椅子の肘《ひじ》掛けに片腕を載《の》せ、もう一方の腕を腰に当てて肘《ひじ》を張り、微《かす》かに、しかしたしかに賢者ぶって見下《みくだ》したかの態度で頭を振り、さらに眉間《みけん》に皺《しわ》を寄せて、こう問うのであった。この物語の与える教訓とは何か、そして、いったいこの物語は何を言わんとしているのか、と。

話し手は話し終わってほっとひと息、ワインの入ったグラスに唇《くちびる》を近づけようとしていたが、しばしそれを止め、満腔《まんこう》の敬意を払って質問者である老紳士の方に目を向けた。そして、グラスを静かにテーブルの上に置いた。老紳士の質問に答えて、この物語は次のようなことを、あくまでも論理的に証明しようとしているのだ、と話し手は語った。

「人生には状況を問わず、必ず良いことがあったり、楽しいことがあるものです。もっとも、ジョークを解することができればの話ですが」

「妖怪《ようかい》の首なし騎士と競走する羽目になれば、その場合、誰でもあのように、がむしゃらに走って無謀な振舞いに陥《おちい》るのではないでしょうか」

「したがって、田舎の学校教師のイカボッド・クレインにとって、オランダ人のヴァン・タッセル家の跡取り娘に結婚を拒《こば》まれたということは、とりもなおさず出世街道の第一歩を踏み出したことになるわけです」

慎重な立居振舞いに徹する老紳士は、この説明を聞いてさらに深く眉間に皺を寄せ戸《と》惑《まど》いと困惑を募《つの》らせた。どうにも、この三段論法的な推論を理解することができなかったのだ。一方、霜降《しもふ》り模様の服を着た紳士はいくぶん勝ち誇《ほこ》ったかのような笑《え》みを浮かべて、横目で老紳士を見やった。遂《つい》に相手の老紳士は口を開いて言った。それはそれで結構だと思う。ただ、この物語にはいささか飛躍した展開が見られ、疑問の残るところも一、二ヶ所あるが。

「まったく、その通りです」と話し手は答えた。「その点については、かく言う私もこの物語の半分も信じていません」

D・K

注

1 スコットランド詩人ジェイムズ・トムソン（James Thomson, 1700-48）の『無為の城』（*The Castle of Indolence*, 1748）からの引用句。

2 ヘンリー・ハドソン（Henry Hudson, ca.1560/70-ca.1611）は、イギリスの探検家。

3 コットン・マザー（Cotton Mather, 1663-1728）は、著名なピューリタンの聖職者。その代表作には『アメリカにおけるキリストの大いなる偉業』（*Magnalia Christi Americana*, 1702）がある。

4 イギリスの詩人ジョン・ミルトン（John Milton, 1608-74）の『ラレグロ』（*L'Allegro*, 1645）からの引用句。

5 一七七六年十月二十八日にウィリアム・ハウ将軍（William Howe, 1729-1814）の率いるイギリス軍と、ワシントン将軍の率いる大陸軍がニューヨーク州ホワイトプレインズ付近で衝突した。これが「ホワイトプレインズの戦い」である。

6　ジョン・アンドレ少佐（John André, 1750-80）は、独立戦争時のイギリス陸軍将校であったが、アメリカ大陸軍に捕まりスパイ罪で処刑された。

あとがき

この本はアメリカ・ロマン派文壇を席巻《せっけん》した文豪ワシントン・アーヴィング(Washington Irving, 1783-1859) の不滅の名作『スケッチ・ブック』(*The Sketch Book of Geoffrey Crayon, Gent.*, 1819-1820) のなかから代表的な短編小説「リップ・ヴァン・ウィンクル」("Rip Van Winkle") と「スリーピー・ホローの伝説」("The Legend of Sleepy Hollow") の二編を訳出したものである。

本書の訳出に際しては、*Rip Van Winkle & The Legend of Sleepy Hollow* (New York: Sleepy Hollow Press, 1988) と *The Sketch Book of Geoffrey Crayon, Gent. Vol.1-2* (G.P. Putnam's Sons, 1895) を底本《ていほん》としたが、何といっても前者の醍醐味《だいごみ》は世界的に高い評価を得たフィラデルフィア出身のイラストレーター、フィリックス・O・C・ダーレイ (Felix.O.C.Darley, 1822-1888) の芸術的技巧の極みともいうべき挿絵《さしえ》が添えられていることであろう。その秀逸《しゅういつ》な意匠を凝《こ》らした趣《おもむき》が実に素晴らしく、どこまでも魅力は尽《つ》きない。

ダーレイは独学で水彩イラスト画の技法を着実に上達させ、世相を揶揄《やゆ》する風刺画と政治的なトピックを掲載した週刊誌『ハーパーズ・ウィークリー』誌へ幾度も寄稿するなどして、その斬新《ざんしん》な水彩イラスト画で斬然《ざんぜん》として頭角を現した。彼はジェイムズ・フエニモア・クーパー、ナサニエル・ホーソーン、ヘンリー・ワーズワース・ロングフェローといったアメリカ・ロマン派の文人たちの作品群のイラスト画も手掛けたが、その名を不朽ならしめたのは、紛《まぎ》れもなく本書における濃厚な味わいを醸《かも》した名作と名画のマリアージュであろう。ちなみに、ダーレイは一八五二年に水彩イラストの発展に寄与した多大な功績が認められ、「アメリカ国家美術アカデミー」の名誉正会員に選ばれている。

さて、アーヴィングの数々の作品のなかでも代表的作品として世界で最も広く読まれているものといえば、それは「リップ・ヴァン・ウィンクル」と「スリーピー・ホローの伝説」である。この二つの作品には形式的に共通点があり、それはどちらも故ディートリッヒ・ニッカーボッカーの遺稿中から発見されたという形式をとっていることである。さらに、二作品ともドイツの民話を素材にして書かれたとされる成立経緯においても共通性が認められる。

ところで、ベンジャミン・フランクリンの徳目に則《のっと》り身を潔斎《けっさい》して精進《しょうじん》するのではなく、いわばアンチ・フランクリン型とも言われるリップを主役に据《す》えた短編小説「リップ・ヴァン・ウィンクル」は、ハドソン河畔を背景とした伝説風の物語に、豊かな詩的空想を巧みに織り込んだ伝説作品として高い世評を得た秀作である。この物語の主人公の怠《なま》け者リップや彼を取り巻く人物たちも舞台となったキャッツキル山地のうるわしい自然などと共に鮮明に描き出されている。その上、アメリカ的な素朴なユーモアが物語の全体をおおい、その間に適度なペイソスと甘美《かんび》な幻想と怪奇味とを漂《ただよ》わせて、一種独特なスケッチ風の短編小説を作り上げることに成功したのである。

一方、「スリーピー・ホローの伝説」は、〈月夜の晩は、なくした首がすすり泣く〉というキャッチフレーズを付してホラー・サスペンス映画に仕立てたティム・バートン監督の「スリーピー・ホロウ《ママ》」(一九九九年)の原作としても知られる。

主人公のイカボッド・クレインはコネティカット出身の田舎《いなか》教師で、粗末な丸太小屋を教場にして生徒たちの相手をしていた。痩《や》せてはいるがかなりの大食漢であったイカボッドは、学校から得る収入だけでは日々のパンを買うにもままならず、この地方の習慣に従って、教え子の農家を転々とし寄食していた。やがてイカボッドは、カトリナ・ヴァン・タッセルという富裕なオランダ系農夫の一人娘に恋心を抱く。彼はカトリナのその美貌にとどまらず、これまで無縁であった富裕な生活にも大きな魅力を感じたのである。しかし彼の前にブロム・ヴァン・ブラント、周囲の人たちに〈ブロム・ボーンズ〉（骨太のブロム）と呼ばれる恋敵《こいがたき》が現われる。イカボッドはブロムと張り合うが、所詮《しょせん》勝目はない。

タッセル家の宴会の夜、カトリナには自分への愛がないと知って、失意の中を帰宅する。その途中でイカボッドは〈首なし騎士〉と遭遇《そうぐう》して必死に逃れるが、この妖怪《ようかい》が投げた首を頭に受け落馬してしまう。翌日、彼を探しに出た人々は、残された帽子と、そばに打砕かれた南瓜《かぼちゃ》が転《ころ》がっているのを見つけたものの、彼の消息は頓《とん》とわからぬままであった。しかし数年後にニューヨークで生活しているイカボッドの姿を目撃した農夫が出現して周囲を驚かせた。また、カトリナと結婚したブロムはイカボッドのことが話題にのぼると、きまって万事心得たような表情を浮かべたり、南瓜《かぼちゃ》の話になると、思わずクッと吹き出して笑う始末《しまつ》。だから、ブロムはその真相を案外知悉《ちしつ》しているのではないかと、疑う者もいたのである。しかしながら「こういった類《たぐい》の事柄に関して最良の裁判官となれば、それは田舎《いなか》の年老いた女将《おかみ》さん連中である。彼女らによるとイカボッド・クレインは超自然的な手段によってどこかに連れ去られたに違いないと今でも信じられているのだ。この界隈《かいわい》の人々は冬の夜の暖炉を囲み、好んでこの話題を持ち出して盛《も》り上がるというのである」と、この物語は結ばれている。

アーヴィングは、この二つの物語にアメリカ的なフォークロアの息を吹き込むことを巧みに導入することにより、これらの作品が他国の古い民話のリメイク版に頼ったという成立の経緯にもかかわらず、彼の代表作として長い文学的生命を保ってきたと言えるだろう。

なお、本書は拙訳書『スケッチ・ブック（上）（下）』（岩波文庫）に収録された「リップ・ヴァン・ウィンクル」と「スリーピー・ホローの伝説」に加筆・修正を施したものであり、平易な言葉を選びつつ一層読みやすい訳文を心掛けた。最後になってしまったが、この本の刊行にあたっては三元社の石田俊二氏の温かいご配慮に助けられた。あらためて深く感謝申し上げる次第である。

二〇一九年五月

齊藤　昇

著訳者紹介

ワシントン・アーヴィング［Washington Irving］

ワシントン・アーヴィング（1783〜1859）はニューヨーク出身で、国際的な名声を得たアメリカ最初の作家である。彼は文壇デビュー作となった『ニューヨーク史』においてユーモアや軽妙な諷刺で才気を発揮した後、1819年〜20年にかけて伝説の名作「リップ・ヴァン・ウィンクル」や「スリーピー・ホローの伝説」などの短編小説やエッセイが収録された『スケッチ・ブック』を刊行した。また、イスラム文化への傾倒を遺憾なく示した力作『アルハンブラ物語』や『グラナダの征服』などに代表される歴史文学の分野でも意欲的に執筆活動を展開した。また17年に及ぶヨーロッパ滞在生活を終えて、アメリカに帰還後は自らの西部旅行の体験記とも言うべき紀行文学『大草原の旅』や豊富な史料に基づく西部開拓史『アストリア』を発表し、晩年には念願としていた畢生の作『ジョージ・ワシントンの生涯』を完成させている。

齊藤　昇［さいとう・のぼる］

立正大学文学部教授（文学博士）。

専門領域は19世紀アメリカ文学を中心とした文化批評と伝記的批評。主な著書に『ワシントン・アーヴィングとその時代』（本の友社）、『「最後の一葉」はこうして生まれた――O・ヘンリーの知られざる生涯』（角川書店）、『ユーモア・ウィット・ペーソス――短編小説の名手O・ヘンリー』（NHK出版）、『そしてワシントン・アーヴィングは伝説になった――〈アメリカ・ロマン派〉の栄光』（彩流社）など。主な訳書には『わが旧牧師館への小径』（平凡社ライブラリー）、『ウォルター・スコット邸訪問記』（岩波文庫）、『ブレイスブリッジ邸』（岩波文庫）、『スケッチ・ブック（上）・（下）』（岩波文庫）、『昔なつかしいクリスマス』（三元社）などがある。

リップとイカボッドの物語

「リップ・ヴァン・ウィンクル」と「スリーピー・ホローの伝説」

発行日
2019年6月15日　初版第1刷

著者
ワシントン・アーヴィング

挿絵
フィリックス・O・C・ダーレイ
口絵挿絵彩色
フリッツ・クレーデル

訳者
齊藤　昇

発行所
株式会社 三元社

〒113-0033　東京都文京区本郷1-28-36 鳳明ビル
電話 03-5803-4155　ファックス 03-5803-4156

印刷・製本
モリモト印刷株式会社

ISBN978-4-88303-486-4
http://www.sangensha.co.jp